Mon année BREVET

Les fiches Français

3e

Thomas Gargallo
Agrégé de lettres modernes

bordas

SOMMAIRE

MÉTHODE ET CONSEILS

ORTHOGRAPHE

Les homophones

Les accords et les autres difficultés

LE VERBE

Les principales conjugaisons

Les valeurs des temps

VOCABULAIRE

GRAMMAIRE

Les classes et les fonctions des mots

L'analyse de la phrase

COMPRÉHENSION ET RÉDACTION

Le récit

Avertissement : cet ouvrage applique les rectifications orthographiques proposées en 1990 par le Rapport du Conseil supérieur de la langue française, approuvées par l'Académie française ainsi que la terminologie grammaticale actualisée par la *Grammaire du français*, publiée en juin 2020 par le Ministère de l'Éducation Nationale.

Édition : Nathalie Legros
Création maquette : Josiane Sayaphoum
Mise en pages : CB Defretin

Crédits photos : p. 126 © Robert Doisneau / Gamma – Rapho

N° projet : 10270001
Dépôt légal : mars 2021
Imprimé en France
par CLERC en mars 2021

MIXTE
Papier issu de sources responsables
FSC® C022030

Bordas est un éditeur qui s'engage pour la préservation de l'environnement et utilise du papier issu de forêts gérées de manière responsable et d'autres sources contrôlées.

MÉTHODE ET CONSEILS

La première partie de l'épreuve : le texte et les questions

1 h 10

- À revoir
- OK

1

● Cette première partie comporte un texte, deux séries de questions et une image. Notée sur 50 points, elle évalue la capacité à comprendre, analyser et interpréter des documents et des œuvres littéraires.

1 COMMENT ORGANISER VOTRE TEMPS ? (1 h)

a La découverte des documents (5 min)

● **Lisez le texte** sans regarder les questions, afin de comprendre son sens.

● **Repérez les éléments importants** : auteur, narrateur, personnages, lieux, époque, actions principales, thème et genre.

● **Observez l'image** et **repérez** décor, époque, personnages, technique et genre, mais surtout son thème et le rapport avec le texte.

b La découverte des questions (5 min)

● **Lisez toutes les questions** pour éviter les répétitions.

● **Repérez les deux séries :** « Grammaire et compétences linguistiques » (grammaire, vocabulaire, orthographe, réécriture) et « Compréhension et compétences d'interprétation » (capacités d'analyse, lien avec l'image)

c La rédaction des réponses (50 min)

● **Répondez dans l'ordre** en indiquant le numéro de la question. **Laissez un espace** si vous sautez une consigne, pour y revenir plus tard.

● **Soignez l'écriture**, espacez les réponses et écrivez une ligne sur deux.

● **Répondez par phrases complètes**, citez le texte entre guillemets et en indiquant la ligne précise.

● **Relisez-vous :** orthographe et syntaxe font partie du barème.

2 QUE DEMANDE-T-ON FRÉQUEMMENT ?

● **Grammaire :** modes, temps et valeurs des verbes, nature et fonction des mots, organisation de la phrase (syntaxe), indices du narrateur.

● **Vocabulaire :** sens inconnu ou rare d'un mot, formation et famille d'un mot, niveau de langue, champs lexicaux, figures de style.

- **Écriture et style :** émotions du narrateur, genre narratif, effets de construction, émotions du personnage, effets sur le lecteur...
- **Lecture de l'image :** rapport avec le texte, genre, impressions (voir fiche 55).

3 COMMENT RÉPONDRE AUX QUESTIONS ?

- Si la réponse se trouve **dans le texte**, il suffit de faire un **repérage précis** (de mots ou d'expressions).

Ex. : Verbes : *relever, indiquer, trouver, repérer, préciser*, etc.

- Parfois, la réponse demande de se **rappeler certains cours** et fait appel à des **connaissances** d'ordre grammatical ou lexical.

Ex. : Verbes : *expliquer, justifier, donner, identifier*, etc.

- Si la réponse demande une **réflexion approfondie** sur le texte, on doit **argumenter**.

Ex. : Verbes : *déduire, conclure, montrer, expliquer l'effet produit* et la majorité des consignes sous forme de questions.

4 COMMENT RÉDIGER VOS RÉPONSES ?

- **Utilisez une structure de phrase** nette et claire, sans jamais commencer par « Oui/Non car... » au profit d'une réponse en trois parties : reprise des mots de la consigne + réponse + justification.

Ex. : « La scène évoquée se répète à nombreuses reprises, comme l'indiquent les CCT "tous les jours" et "la plupart du temps". » (Sujet 2019)

- **Justifiez en citant** le texte ou en utilisant des **connecteurs logiques.**

Ex. : *car, ainsi, en effet comme l'indique le texte à la ligne..., comme l'auteur le montre ligne...*

- **Citez le texte** sans erreur et en utilisant les guillemets. La citation seule ne suffit pas : il faut l'introduire et, au besoin, l'expliquer.
- **Bannissez** les abréviations, les listes et énumérations sans aucune explication, le pronom *je* et l'expression *il y a*.

5 COMMENT S'ORGANISER EN RÉÉCRITURE ? 10 min

a La lecture de la consigne 3 min

- **Identifiez le type de transformation** demandé. Le premier changement entrainera une chaine de modifications sur tout l'extrait.
- **Entourez les cinq ou dix formes** à modifier, faites l'exercice mentalement.

b La transformation (5 min)

- **Modifiez le texte** en faisant les changements nécessaires.
- **Attachez-vous** surtout aux terminaisons verbales et aux accords.

c La relecture (2 min)

- **Assurez-vous du nombre** de changements demandés : il y a parfois deux consignes de modifications.
- **Vérifiez chaque mot :** les erreurs de copie sont sanctionnées.

6 QUE DEMANDE-T-ON EN RÉÉCRITURE ?

- **Changement de pronom**

Ex. : **Réécrivez les deux phrases en remplaçant «je» par «nous» et en procédant aux changements nécessaires.**

« Je n'étais rien qu'un mortel égaré entre du sable et des étoiles, conscient de la seule douceur de respirer... Et cependant, je me découvris plein de songes. » (Saint-Exupéry, *Terre des hommes*)

→ « **Nous** n'**étions** rien que **des mortels égarés** [...] **conscients** de la seule douceur de respirer. Et cependant, **nous nous découvrîmes pleins** de songes. »

- **Changement de temps verbal**

Ex. : **Réécrivez le passage suivant en mettant le nom « village » au pluriel et en le transposant à l'imparfait de l'indicatif.**

« Et si la caravane aborde un vrai village qui fait semblant de vivre encore, elle en épuise, dès le premier soir, toute la substance. Elle le nettoie comme les vers nettoient un os. » (Saint-Exupéry, *Pilote de guerre*, sujet 2014)

→ « Et si la caravane **abordait de vrais villages** qui **faisaient** semblant de vivre encore, elle en **épuisait** [...] toute la substance. Elle **les nettoyait** comme les vers **nettoyaient** un os. »

- **Changement de genre (féminin / masculin) et de nombre (singulier / pluriel)**

Ex. : **Réécrivez ces deux phrases en remplaçant « tu » par la troisième personne du pluriel, au féminin.**

« Je sais que tu es brave, je sais que tu sauras vivre sans moi. Il faut que tu vives, toi. » C. Delbo, *Une scène jouée dans la mémoire*)

→ « Je sais qu'**elles sont braves**, je sais qu'**elles sauront** vivre sans moi. Il faut qu'**elles vivent, elles.** »

La deuxième partie de l'épreuve : la dictée et la rédaction

1h50

À revoir
OK

2

● **La deuxième partie de l'épreuve évalue sur 50 points, le niveau d'orthographe (dictée) et la capacité à rédiger et à argumenter (rédaction).**

1 COMMENT RÉUSSIR EN DICTÉE ? 20 min

a La première lecture par le surveillant 1 min

● **Écoutez** sans écrire : repérez le sens, les temps verbaux, les pronoms, les chaines d'accord au féminin et au pluriel et les mots difficiles.

b La dictée 15 min

● **Écrivez** très lisiblement et une ligne sur deux.
● **Ne paniquez pas** : le surveillant relira plusieurs fois chaque phrase.
● **Concentrez-vous** sur les accords, les conjugaisons et les homophones.

c La relecture finale 4 min

● **Faites une relecture** rapide pour chaque type d'erreur : accords, puis conjugaisons et enfin homophones.
● **N'oubliez aucun mot** : chaque oubli est sanctionné comme une erreur.

2 QUELS SONT LES SUJETS EN RÉDACTION ?

● Après le relevé de la copie de dictée, on passe à la rédaction (40 points). **Deux sujets au choix** sont proposés :
– un sujet de **réflexion** (argumentation et défense développée d'une opinion) ;
Ex. : La littérature, le cinéma et les autres arts permettent de découvrir la vie de personnages fictifs ou réels. Que peut vous apporter cette découverte ? Vous développerez votre point de vue en prenant appui sur des exemples précis issus de votre culture personnelle et des œuvres étudiées lors de votre scolarité. (Sujet 2019)

– un sujet d'**imagination** (récit, article, lettre, etc.).
Ex. : Devenu adulte, un des enfants de la photographie de Robert Doisneau raconte, comme Albert Camus, les jeux de son enfance. Il évoque la scène représentée sur la photographie [...]. Vous choisirez d'écrire votre récit à la première ou à la troisième personne.

● Les sujets sont en relation avec la **thématique** rencontrée durant la première partie de l'épreuve. Il faut produire un texte d'une longueur de **deux pages au moins**. Le **dictionnaire** est autorisé, **orthographe** et **syntaxe** sont évaluées.

3 COMMENT S'ORGANISER EN RÉDACTION ?

a Le choix et l'analyse du sujet (10 min)

- **Lisez** les deux sujets, **vérifiez** éventuellement le sens des mots à l'aide du dictionnaire puis **choisissez** un des sujets.
- **Entourez les indications et les critères de rédaction** donnés : thème, genre du texte, temps verbaux, narrateur, personnages et lieux, etc.
- **Faites une rapide liste de critères de réussite** pour ne rien négliger : éléments à combiner (narration, description, explication, dialogue, etc.), situation de communication (type de narrateur, lieu et moment de l'énonciation, etc.).

b Le brouillon (45 min)

- **Mobilisez vos connaissances sur la thématique** en rapport avec le sujet : éléments littéraires, artistiques, historiques, qui enrichiront votre propos.
- **Créez une banque de mots** à utiliser selon le thème proposé.
- **Faites un plan chronologique ou une structure argumentative**.
- **Rédigez** ensuite en utilisant ces divers éléments et vos critères de réussite.
- **Séparez votre texte en paragraphes**, marquant les différentes étapes de votre schéma narratif ou argumentatif.

c La vérification de votre texte (15 min)

- **Relisez et vérifiez vos critères :** si un critère n'est pas rempli, ajoutez des éléments en marge ou après votre texte.
- **Étoffez** votre texte, notamment grâce à des descriptions et des actions pour l'invention ou des exemples historiques et artistiques pour l'argumentation.
- **Reformulez** si nécessaire certaines phrases peu élégantes.

d La mise au propre sur la copie (20 min)

- **Soignez votre écriture,** sautez des lignes pour que votre copie soit lisible.
- **Relisez-vous** pour corriger les erreurs d'orthographe (la notation en tient compte).

4 SUR QUOI VEILLER EN RÉDACTION ?

- **Soignez l'emploi des temps verbaux** : conjugaisons et concordances.
- **Respectez les caractéristiques formelles données en consigne** : narrateur, genre littéraire (article, lettre, narration, etc.), lieux et personnages.
- **Évitez les répétitions** : pour cela, utilisez des pronoms et des synonymes.
- **N'utilisez pas d'expressions vagues** : *il y a, quelque chose, on, et après.*
- **Ponctuez correctement votre texte** : ne faites pas de phrases trop longues.
- **Utilisez des connecteurs logiques et temporels** pour organiser vos phrases et rendre vos enchainements plus clairs.
- **Structurez votre texte en paragraphes** bien nets.

Les homophones grammaticaux (1)

À revoir
OK

3

Les homophones grammaticaux se prononcent de la même façon mais ont une classe grammaticale et une orthographe différentes.

1 MÉMORISER

a la / là / l'a

Ex. : **La** maison que tu vois **là**-bas, ma famille **l'a** jadis possédée.

- *La* précède un nom (article défini) ou un verbe (pronom personnel).
- *Là* est un adverbe de lieu.
- *L'a* précède toujours un participe passé.

Astuces :
– Si on peut remplacer par *l'avait*, on écrit *l'a*.
– L'accent sur *là* ressemble à une flèche pointant vers un lieu (*ici*).

b est / et

Ex. : Elle **est** spirituelle **et** travailleuse.

- *Est* est la forme conjuguée d'*être* à la 3e personne du singulier.
- *Et* est une conjonction de coordination invariable.

Astuce : Si on peut remplacer par *était*, on écrit *est*.

c sont / son

Ex. : **Son** oncle et sa tante **sont** enfin arrivés.

- *Sont* est la forme conjuguée d'*être* à la 3e personne du pluriel.
- *Son* est un déterminant possessif placé devant un nom commun.

Astuce : Si on peut remplacer par *étaient*, on écrit *sont*.

d ont / on / on n'

Ex. : **On** voit des loutres qui **ont** des petits mais **on n'**aperçoit aucun oiseau.

- *Ont* est la forme conjuguée d'*avoir* à la 3e personne du pluriel.
- *On* est un pronom personnel indéfini placé devant un verbe.
- *On n'* combine le pronom et une négation (*ne... pas, ne... jamais*).

Astuces :
– Si on peut remplacer par *avaient*, on écrit *ont*.
– On remplace *on* par *il* pour entendre la différence entre la forme négative et la forme affirmative : *on n'aperçoit pas* / *il n'aperçoit pas*.

e a / à

Ex. : Il y **a** quatre ans que je ne suis pas allé **à** la mer.

- *A* est la forme conjuguée d'*avoir* à la 3e personne du singulier.
- *À* est une préposition invariable.

Astuce : Si on peut remplacer par *avait*, on écrit *a*.

f ma / m'a

Ex. : **Ma** grand-mère **m'a** déshéritée.

- *Ma* est un déterminant possessif avant un nom commun.
- *M'a* se place avant un participe passé.

Astuce : Si on peut remplacer par *m'avait*, on écrit *m'a*.

g m'est / mes / mets / met / mais

Ex. : Je **mets mes** tongs **mais** il **m'est** pénible de marcher.

- *M'est* est souvent placé avant un participe passé.
- *Mes* est un déterminant possessif pluriel avant un nom.
- *Mets* et *met* sont des formes du verbe *mettre* au présent de l'indicatif.
- *Mais* est une conjonction de coordination.

Astuces :
– Si on peut remplacer par *me fut*, on écrit *m'est*.
– Si on peut remplacer par *tes* ou *ses*, on écrit *mes*.

L'essentiel

Pour différencier deux homophones, remplacez-les par un autre mot ou conjuguez-les à l'imparfait ou observez ce qui les précède.

2 APPLIQUER AU BREVET

« La pluie nous tombait dessus, les éclairs éclataient, [...] les arbres étaient secoués par un vent violent.» (M. Tremblay, *Bonbons assortis*)

Réécrivez ce passage au passé composé.

France métropolitaine, 2018

En réécriture, des erreurs sur les homophones peuvent survenir quand on demande un changement au passé composé : ainsi, pour l'exemple donné, on devra écrire *est tombée, ont éclaté, ont été secoués.*

Les homophones grammaticaux (2)

☐ À revoir
☐ OK

4

1 MÉMORISER

a ce / se

Ex. : **Ce** garçon ne **se** lave jamais.

- *Ce* est un déterminant démonstratif qui fait partie du groupe nominal (GN).
- *Se* est un pronom placé avant le verbe.

Astuce : Si le mot après est un nom, on écrit *ce* ; si c'est un verbe, on écrit *se*.

b ces / ses / c'est / s'est

Ex. : **Ces** deux-là, ce sont **ses** amis. Il **s'est** vite intégré, **c'est** bien !

- *Ces* est un déterminant démonstratif placé avant un nom pluriel.
- *Ses* est un déterminant possessif placé avant un nom pluriel.
- *C'est* est un présentatif.
- *S'est* fait partie d'un verbe pronominal au passé composé.

Astuces :
– Si on peut remplacer par *les siens* / *les siennes*, on écrit *ses*.
– Si on peut remplacer par *cela est* on écrit *c'est*.

c ça / sa

Ex. : **Ça** va très mal chez lui : **sa** mère est alitée.

- *Ça* est un pronom démonstratif.
- *Sa* est un déterminant possessif avant un nom féminin.

Astuce : Si on peut remplacer par *ma* ou *ta*, on écrit *sa*.

d ni / n'y

Ex. : Il **n'y** avait **ni** viande **ni** poisson.

- *Ni* est une conjonction de coordination double (*ni... ni*).
- *N'y* est la contraction de *ne y* (négation + pronom adverbial).

Astuces :
– Si le mot qui suit est un verbe, on écrit *n'y*.
– *Ni* est toujours doublé.

e si / s'y

Ex. : **Si** l'eau est bonne, elle **s'y** plongera avec plaisir.

- *Si* est un adverbe ou une conjonction de subordination.
- *S'y* sont la contraction de placés devant un verbe pronoms.

Astuce : Si l'on peut remplacer par *m'y* ou *t'y*, on écrit *s'y*.

f sans / s'en / sens / sent

Ex. : **Sans** déodorant, il **sent** très mauvais mais ne **s'en** rend pas compte.

- *Sans* est une préposition ayant un sens négatif.
- *S'en* sont des pronoms placés devant un verbe.
- *Sens* et *sent* sont des formes de *sentir* au présent de l'indicatif.

Astuces :
– Si on peut remplacer par *sentais* ou *sentait*, on écrit *sens* ou *sent*.
– Si c'est un verbe conjugué qui suit, on écrit *s'en*.

g quand / quant / qu'en

Ex. : **Quand** puis-je venir ? Demain, **qu'en** dis-tu ? **Quant** à ma sœur, elle arrive lundi.

- *Qu'en* est la contraction de *que en*.
- *Quand* est une conjonction de subordination de temps.
- *Quant* est une préposition suivie de *à* et d'un GN ou d'un pronom.

Astuce : Si on peut remplacer par *en ce qui concerne*, on écrit *quant*.

L'essentiel

Pour différencier deux homonymes, outre le remplacement, observez ce qui les précède ou les suit.

2 APPLIQUER AU BREVET

« Elle s'insinue dans ses muscles, s'infiltre dans les battements du cœur, freine le voyage du sang. » (A. Chédid, *L'Enfant multiple*)

Mettez le passage au passé composé.

France métropolitaine, 2018

En réécriture, des erreurs sur les homophones peuvent survenir avec les verbes pronominaux, quand on demande un changement à la 3e personne (*se*) ou un changement au passé composé. Ici, on aura *s'est insinuée, s'est infiltrée, a freiné*.

Les homophones grammaticaux (3)

À revoir
OK

5

1 MÉMORISER

a quel(s) / quelle(s) / qu'elle(s)

Ex. : **Quelle** est sa faute ? **Quelle qu'elle** soit, je vois **qu'elle** la regrette.

- *Qu'elle(s)* est la contraction de *que elles*.
- *Quel* est un déterminant accordé à un nom et qui marque une interrogation ou une exclamation.

Astuces :
– Si on peut remplacer par *qu'il(s)*, on écrit *qu'elle(s)* avec l'apostrophe.
– Se souvenir de l'orthographe de l'expression *quel qu'il soit/quelle qu'elle soit*.

b quel(s) que / quelle(s) que / quelque(s)

Ex. : **Quelque** habile que soit le pêcheur, **quelques** poissons s'échapperont toujours, **quel que** soit le filet employé.

- *Quelques* est un déterminant indéfini qui précède un nom.
- *Quelque* est un adverbe invariable qui précède un adjectif et *que*.
- *Quel(les) que* est composé d'un déterminant indéfini suivi de *que*, qui introduit une subordonnée au subjonctif.

Astuce : *Quelque* (en un seul mot) est suivi de *que*.

c quoi que / quoique

Ex : **Quoi qu'**il fasse, sa mère lui donne tort, **quoique** son père le défende.

- *Quoi que* (deux mots) est une locution pronominale synonyme de *quelle que soit la chose qui*.
- *Quoique* (un seul mot) est une conjonction de subordination qui introduit un verbe au subjonctif.

Astuce : Si on peut remplacer par *bien que*, on écrit *quoique*.

d plus tôt / plutôt

Ex. : Cette fois, je vais **plutôt** arriver **plus tôt**.

- *Plus tôt* (deux mots) est une locution adverbiale qui se réfère au temps.
- *Plutôt* (un seul mot) est un adverbe qui exprime une préférence.

Astuce : Si on peut remplacer par *de préférence*, on écrit *plutôt*.

e dû / du

Ex. : En chemin, j'ai **dû** acheter **du** pain.

- *Dû* est le participe passé du verbe *devoir* et précède souvent un infinitif.
- *Du* est un article partitif ou défini contracté (*de* + *le*), qui précède un nom.

f crû / cru

Ex. : J'ai **cru** que la plante avait **crû** de dix centimètres.

- *Crû* est le participe passé du verbe *croître* (grandir).
- *Cru* est un adjectif (antonyme de *cuit*) ou le participe passé du verbe *croire*.

g croît / croit

Ex. : Elle **croit** que cette plante **croît** plus vite.

- *Croît* et *croîs* sont des formes conjuguées du verbe *croître* (grandir).
- *Croit* et *crois* sont des formes conjuguées du verbe *croire*.

h sûr / sur

Ex. : Je suis **sûr** que tes clés sont **sur** la table.

- *Sûr* est un adjectif qualificatif (synonyme de *certain*).
- *Sur* est une préposition invariable (synonyme de *au-dessus de*).

i Quelques homophones différenciés par l'accent circonflexe

- *Jeûne* / *jeune*

Ex. : Ce **jeune** observe le **jeûne** rituel et ne mange donc pas.

- *Mûr* / *mur*

Ex. : Ce fruit **mûr** a laissé une trace sur le **mur**.

- *Tâche* / *tache*

Ex. : Tu as pour **tâche** d'effacer toutes les **taches**.

L'essentiel

N'oubliez pas les accents qui seuls permettent de différencier deux homophones.

2 APPLIQUER AU BREVET

Dictée : « Les peintres **qu'elle** admire **sont** des hommes ; **ce sont** des hommes qui **font** battre **son** cœur d'enthousiasme. » (A. Ernaux, *La femme gelée*)

Polynésie française, 2017

Dans cet extrait de dictée, les homophones ont été mis en gras pour indiquer leur très forte présence dans la langue française : les repérer, c'est éviter des erreurs en dictée !

Les accords sujet-verbe

À revoir
OK

6

1 MÉMORISER

Le verbe s'accorde en personne et en nombre avec son sujet. Il y a toutefois quelques difficultés.

Astuce : retrouvez le sujet en posant la question « Qui est-ce qui ? » ou « Qu'est-ce qui ? » devant le verbe.

a Le verbe est au singulier avec :

- **un sujet au singulier**.
Ex. : Le hérisson sera bientôt menacé.

- ***on, chacun, quelqu'un, tout, aucun,* etc.** (pronoms indéfinis)
Ex. : Personne ne soupçonne la terrible vérité.
Chacun savait qu'elle avait raison.

- ***plus d'un.***
Ex. : Plus d'un Français sur deux a déjà fréquenté les hôpitaux.

- ***tout, rien, personne*** (pronom qui reprend une série de sujets).
Ex. : Les éclairs, le tonnerre, la pluie, tout était effrayant pour l'enfant.

- ***il*** dans la tournure impersonnelle.
Ex. : Il existe des poissons bleus.

b Le verbe est au pluriel avec :

- **un sujet pluriel**.
Ex. : Les remords l'accablent.

- **Plusieurs sujets singuliers** liés par une conjonction de coordination ou par une virgule.
Ex. : La vanité, la lâcheté, le refus de communiquer sont des défauts.

- ***peu de, beaucoup, combien, la plupart...*** (déterminant ou pronom de quantité souvent suivi d'un pluriel)
Ex. : Beaucoup (de gens) ne sont pas d'accord.

- ***moins de deux/trois/quatre,*** *etc.*
Ex. : Moins de deux personnes sur dix vont aux sports d'hiver.

c Le verbe peut être au singulier ou au pluriel quand...

- **Des sujets au singulier** coordonnés par *ni, ou, ainsi que, comme*, etc. Le verbe est généralement au pluriel, sauf quand un seul des sujets peut faire l'action.
Ex. : Ni Sarah ni Virginie n'est venue / ne sont venues.

• ***l'un ou l'autre.***
Ex. : L'un ou l'autre provoque(nt) bien des drames.

• **un pourcentage :** l'accord suit le nombre du complément.
Ex. : 60 % de la population refuse cette réforme.
60 % des Français refusent cette réforme.

• **un nom collectif** (*foule, majorité, centaine, moitié, troupe...*) suivi d'un complément d'un nom au pluriel.
Ex. : Une centaine de badauds observe(nt) la scène.

d Cas difficiles

• **Le sujet est inversé** (placé après le verbe).
Ex. : Après une dispute surgissent toujours des larmes.

• Les sujets sont des **personnes différentes** : la 1re personne l'emporte sur les autres (*nous*), la 2e l'emporte sur la 3e (*vous*).
Ex. : Toi et moi nous **sommes** bien amusés. Olivier et toi **êtes** très sportifs.

• Le sujet est le **pronom relatif** *qui, lequel, laquelle*, etc. : il faut chercher l'antécédent et faire l'accord avec lui.
Ex. : C'est toi qui **as** eu le dernier mot. Moi, qui **suis** le chef...

• Le sujet contient **l'expression *C'est* ou *C'était*** : si elle est suivie d'un nom ou d'un pronom au pluriel, le verbe se conjugue aussi au pluriel.
Ex. : C'**est** une horreur. Ce **sont** les mêmes qui gagnent toujours.
C'**étaient** des fleurs merveilleuses.

L'essentiel

Posez la question « qui est-ce qui ? » pour repérer le sujet et pour éliminer tout doute sur un accord.

2 APPLIQUER AU BREVET

« Il vous échappe, il fuit, rien ne l'arrêtera. Il suit le quai, franchit la place, et caetera. » (V. Hugo, *Toute la lyre*)

Réécrivez le passage en remplaçant « il » par « ils ».

Amérique du Nord, 2019

En réécriture, les changements de personne sont souvent demandés. Ici, cela entraine quelques modifications d'**accord sur les verbes** : *ils vous échappent, ils fuient.* Dans l'exemple, c'est surtout le risque d'oubli qui est la difficulté, car la chaine des accords est un peu longue.

Les accords du participe passé

- À revoir
- OK

7

1 MÉMORISER

L'accord du participe passé avec le sujet peut être délicat. Ainsi, dans la phrase : *Il a oubli… les chaussures que je lui avais prêt…*, doit-on accorder ou non ?

> **Astuce :** il faut bien analyser **la place du participe passé** dans la phrase et l'éventuel **auxiliaire** avec lequel il est employé.

a Employé seul

- Le participe passé se comporte comme un adjectif : il s'accorde **en genre et en nombre** avec le nom qu'il complète.

Ex. : Dans le grenier, je retrouve les photos oubli**ées**, les souvenirs perd**us**, les jouets néglig**és**, les photos jaun**ies**.

b Employé avec *avoir*

- Le participe passé employé avec *avoir* dans un temps composé ne s'accorde jamais avec le sujet.

Ex. : Elles **ont** oubli**é** leurs affaires, qui **avaient** traîn**é** des heures durant.

- Quand le COD est placé **après le verbe**, le participe passé est **invariable**.

Ex. : Ils ont cass**é** une tasse.

- Mais quand le COD est placé **avant** la forme verbale, le participe passé s'accorde avec lui. Cette fonction peut être occupée par :

– un **pronom personnel** : *le, la, me, te, nous, vous, les.*

Ex. : Leurs parents les ont oubli**és** (*oubli**ées*** si *les* renvoie à un GN féminin).

– un **pronom relatif** : *que* ou *qui.*

Ex. : Les objets qu'on avait perd**us**, les images qu'on avait néglig**ées** (on accorde avec l'antécédent, c'est-à-dire le nom repris par *que* ou *qui*).

– un **pronom interrogatif** (*qui, que, lequel, laquelle, lesquels, lesquelles*) ou un GN contenant un déterminant interrogatif ou exclamatif (*quel, quelle, quels, quelles*).

Ex. : Lesquelles de ces robes as-tu chois**ies** ? Que de soucis elle m'a caus**és** ! Quelles boissons as-tu appréci**ées** ?

⚠ **Attention :** les participes passés **fait** et **laissé** sont invariables quand ils sont suivis d'un **infinitif** : *Elle s'est fait agresser. Cette jupe, je l'ai fait coudre. Elles se sont laissé maigrir. Je les ai laissé filer.*

C Employé avec l'auxiliaire *être*

- Le participe passé employé avec l'auxiliaire *être* s'accorde avec le sujet.

Ex. : La vie indienne est rythm**ée** par la mousson.

> **Astuce :** on remplace le verbe par le signe « = ». Si la phrase fonctionne (*vie indienne = rythm**ée***), on accorde le participe.

- Dans le cas d'**un verbe pronominal**, il y a quatre possibilités :

– quand le verbe n'existe pas sans pronom (avec *me*, *te*, *se*), on accorde.

Ex. : Les verbes **évanouir* et **enfuire* n'existent pas. On doit donc écrire : « Ma sœur s'est évanou**ie**. » « Vous vous êtes enfu**is**. »

– quand le verbe est à la voix passive (voir fiche 34), on accorde.

Ex. : Cette maison a été vend**ue** très cher par mes voisines.

– si le pronom réfléchi est COD, on accorde.

Ex. : Elle s'est observ**ée** dans le miroir. (Elle a observé qui ? Elle-même : *se* est donc COD, donc on accorde.)

– si le pronom réfléchi n'est pas COD, on n'accorde pas.

Ex. : Les jours se sont succéd**é**. (Les jours ont succédé à qui ? À eux : *se* n'est pas COD mais COI, comme l'indique la préposition *à*. Donc on n'accorde pas.)

> **Astuce :** pour trouver le COD, on pose la question « Qui / quoi ? » (Ils *se sont habillés*. → Qui ont-ils habillé ? Eux-mêmes : *se* est COD). De même, pour trouver le COI, on pose la question « À qui / à quoi ? ».

L'essentiel

Avant de faire l'accord, repérez l'auxiliaire avec lequel est employé le participe passé (pas d'auxiliaire ? avoir ? être ?).

2 APPLIQUER AU BREVET

« Chers bois ! Je les connais tous ; je les ai tous battus. » (Colette, *Claudine à l'école*) **Justifiez l'orthographe de « battus ».**

Pondichéry, 2018

L'accord des participes passés concerne surtout la réécriture et la dictée, mais il arrive qu'on doive justifier un accord. Pour cela, on procède en trois temps :

– on définit d'abord le cadre d'emploi pour montrer qu'on connait les règles : « *Ici, le participe passé est employé avec l'auxiliaire avoir. Il ne devrait pas s'accorder.* »

– Ensuite, on aborde le cas particulier : « *Mais ici un COD est placé avant le verbe : le pronom "les", qui remplace "mes chers bois"* ».

– Enfin, on justifie l'accord : « *On doit donc accorder "battus" au masculin pluriel.* »

Le son « é » en fin de mot

À revoir
OK

8

1 MÉMORISER

a *-er ou -é ?*

- Pour les verbes en *-er* (1er groupe), on n'entend pas la différence, à la fin du verbe, entre, par exemple, *mangé* (participe passé) et *manger* (infinitif).

- *-é* est la terminaison du **participe passé** :
– il suit les auxiliaires *avoir* ou *être* ;
Ex. : Le portrait est rong**é** par la rouille.
– il est employé comme adjectif près d'un nom.
Ex. : Le travail achev**é**, il se repose.

⚠ **Attention :** le participe passé s'accorde en genre et en nombre avec le nom ou le pronom (*les arbres brûlés ; la vitre cassée ; elles sont rongées par la culpabilité*).

- *-er* est la terminaison de **l'infinitif** :
– il est souvent précédé d'une préposition ;
Ex. : machine à lav**er**, pour rédig**er**, avant de frapp**er**...
– il suit souvent un autre verbe (autre qu'*avoir* ou *être*).
Ex. : Il ne va pas vol**er** un vélo ! Il est parti l'achet**er**.

Astuce : on peut remplacer par un verbe du 3e groupe comme *faire* ou *prendre* pour lesquels on entend la différence : *Je voudrais* ***manger / prendre*** *une mangue.*

- *-ez* est la terminaison habituelle de la **2e personne du pluriel**.
Ex. : Vous achev**ez** votre déjeuner. Vous mang**ez** une mangue.

Astuce : repérez le pronom personnel sujet *vous* ou les déterminants possessifs *vos, votre* : *Clémentine et Victor,* ***avez****-vous préparé vos valises ?*

b *-ais, -ait, -ai ?*

- *-ai* est la terminaison du **passé simple** à la 1re personne des verbes du 1er groupe.
Ex. : Je rêvais aux vacances quand soudain, je me rappel**ai** mon évaluation du lendemain.

Astuce : si le verbe est lié à une précision de temps telle que *tout à coup, soudain, un jour*, ou si on peut la rajouter facilement, c'est un passé simple.

- *-ais* et *-ait* sont les terminaisons de **l'imparfait de l'indicatif** aux 1re, 2e et 3e personnes du singulier.
Ex. : Je mange**ais**, tu mange**ais**, il mange**ait**.

L'essentiel

Pour déterminer la bonne orthographe du son « é », observez les éléments alentour (prépositions, autres verbes, pronoms, etc.).

2 APPLIQUER AU BREVET

Dictée : « Je vois des hommes, que je ne peux compt..., je les vois s'agit... autour de moi [...] Ils m'ont agripp... et me traînent, je vois leur peau brûl... tout entière, leur peau lisse et noire. » (L. Gaudé, *Cris*)

Asie, 2018

Cet extrait de dictée montre que le son *-é* en fin de mot est très courant et demande d'observer ce qui se trouve avant ou après :
– *compt*... se trouve après le verbe conjugué *peux* : c'est donc un infinitif (*compter*) ;
– *s'agit*... est dans le même cas, après le verbe *vois* : on écrit donc *s'agiter* ;
– *agripp*... est situé après l'auxilaire *avoir*, c'est donc un participe passé : *agrippé* ;
– *brûl*... est situé après le nom *peau*, c'est donc un adjectif qu'on doit accorder au féminin : *brûlée*.

« Soudain je me rappel... que j'habit... au Japon. »

En rédaction ou en dictée, pour trouver la bonne terminaison, on peut utiliser deux astuces :
– transformer à la **3e personne**, où l'on entend la différence ;
– associer chaque temps à une **valeur** (action soudaine et brève au passé simple, durée à l'imparfait).
Ici, on écrira *je me rappelai* (action soudaine, remplaçable par *il se rappela*) et *j'habitais* (durée, remplaçable par *il habitait*). Il est à noter que certaines régions, en France métropolitaine, font encore la différence en prononçant ces deux temps.

Dictée : « Il y a des hommes et des femmes partout, **épuisés**, en haillons, le linge encore **mouillé** sur les épaules. des vieillards perdus [...], des femmes donnant la **tétée** à des nourrissons. C'est une **humanité** à ciel ouvert, pauvre, peureuse, **affamée**. » (L. Gaudé, *Ouragan*)

France métropolitaine, 2017

Dans cet extrait de dictée, les mots en *-é* ont été mis en gras pour montrer leur grande présence. Ce point orthographique est donc de grande importance. On remarquera également que nombreux sont les mots en *-é* qui subissent des accords.

Les difficultés orthographiques

- À revoir
- OK

9

1 MÉMORISER

a Les adjectifs de couleur

- Un adjectif de couleur **s'accorde** normalement avec le nom qu'il qualifie.
- Il existe deux **exceptions** :

– si l'adjectif de couleur **provient d'un nom commun**, il reste invariable sauf *rose, fauve, mauve, pourpre, écarlate* ;

Ex. : Des voitures orange, des chaussettes marron,
≠ des pulls roses, des pantalons mauves.

– si l'adjectif de couleur est **modifié et suivi par un autre adjectif**, tous deux restent invariables.

Ex. : Une voiture bleue ≠ une voiture bleu foncé ou gris clair.

b Les déterminants numéraux cardinaux

- Ils sont **invariables**.

Ex. : quatre personnes, cinq mille habitants.

- Seuls **vingt** et **cent** prennent **un -*s*** quand ils sont **multipliés**, pour indiquer les vingtaines et les centaines. Mais ils ne prennent **pas de -*s*** quand ils sont **suivis d'une unité**.

Ex. : quatre-vingts, deux-cents ≠ quatre-vingt-trois, trois-cent-dix.

- Les numéraux composés sont systématiquement reliés par **un trait d'union**.

Ex. : trente-et-un, quatre-cents, un-million-deux, quarante-et-unième.

c *Tout ou tous ?*

- *Tout* peut être un **déterminant indéfini variable** avant un **GN**.

Ex. : Tout l'orchestre, toute la musique, tous les musiciens.

- *Tout* peut être un **pronom indéfini variable** avant ou après un **verbe**.

Ex. : Tout est fini. Tous en veulent encore. Je les connais tous.

- *Tout* peut être un **adverbe invariable** avant un **adjectif** ou un **adverbe**.

Ex. : Ils sont tout étonnés. La salle est tout étonnée.

> **Astuce :** pour retrouver cet emploi invariable, on remplace par *tout à fait* (*tout à fait étonnés*). À ne pas confondre avec *tous* (chacun d'eux).

- Dans cet emploi, *tout* s'accorde **devant les adjectifs féminins commençant par une consonne ou un *h* aspiré**, pour rendre la prononciation plus agréable.

Ex. : La nuit est toute froide. Elle était toute honteuse.

d Les adverbes en *-ment*

- Ils sont formés à partir du **féminin de l'adjectif** et du **suffixe** *-ment*.
Ex. : brutal → brutale → brutalement ; confus → confuse → confusément.

- Mais les **adjectifs terminés par une voyelle** (*résolu, poli, vrai, joli...*) forment généralement l'adverbe sur le **masculin**.
Ex. : hardi → hardiment ; absolu → absolument ; vrai → vraiment.

- Les adverbes formés sur **les adjectifs en *-ent* et *-ant*** (*violent, savant, fréquent, courant...*) s'écrivent ***-emment*** et ***-amment***.
Ex. : récent → récemment ; courant → couramment.

e *-ants* ou *-ant* ?

- L'**adjectif verbal**, terminé par *-ant*, **s'accorde** avec le nom qu'il complète.
Ex. : Je mange des biscuits croustillants. Ces biscuits sont croustillants.

> **Astuce :** si on peut mettre la forme en *-ant* au féminin, il s'agit d'un adjectif verbal que l'on peut accorder. *On acclame l'entrée des joueurs remplaçants → des joueuses remplaçantes* : il faut donc accorder.

- Le **participe présent**, toujours **invariable**, est terminé lui aussi par *-ant* et parfois précédé de *en* (on l'appelle alors le **gérondif**).
Ex. : Envahissant le pays, ils déclenchèrent la guerre.

L'essentiel

– Vérifiez l'accord de *vingt* et de *cent* et n'oubliez pas les traits d'union.
– On écrit *tout* ou *tous* selon la nature de l'élément qui suit.
– On n'oublie pas le double *-m* sur certains adverbes (*savamment*).

2 APPLIQUER AU BREVET

> **Dictée :** « Précédant sans effort quatre wagons jaunes à lettres d'or » (V. Larbaud, *Ode*)
>
> *Antilles, 2018*

Dans cet extrait de dictée, on observe les difficultés de cette fiche :
– « précédant » : participe présent invariable car il n'est lié à aucun nom commun ;
– « quatre » : le déterminant reste invariable ;
– « jaunes » : ici, l'adjectif de couleur est simple et s'accorde. Si l'auteur avait précisé une teinte, il aurait été invariable (« quatre wagons jaune pâle »).

Je me teste sur…

ORTHOGRAPHE

1 Complétez la phrase : « Il … encore difficile de mettre … chaussures seul. »

- ☐ a. m'est – mes
- ☐ b. m'ai – mes
- ☐ c. mets – mais

2 Complétez la phrase : « … soit le sujet, il trouve les rédactions … peu difficiles. »

- ☐ a. quel que - quelques
- ☐ b. quelque – quelle que
- ☐ c. quel que – quelque

3 Cochez la phrase qui ne comporte pas d'erreur.

- ☐ a. Victor, Clémentine et toi sont d'excellents élèves.
- ☐ b. Plus d'un décès sur huit sont liés à la pollution
- ☐ c. Quatre Français sur dix ne partent pas en vacances.

4 Complétez la phrase : « Quelles destinées ils ont … ! »

- ☐ a. eu
- ☐ b. eues
- ☐ c. eus

5 Complétez la phrase : « Elles se sont … les mains. »

- ☐ a. laver
- ☐ b. lavé
- ☐ c. lavées

6 Avec quel temps peut-on confondre l'imparfait en *-ais/-ait* ?

- ☐ a. le présent de l'impératif
- ☐ b. le passé antérieur
- ☐ c. le passé simple 1re personne

7 Cochez le nombre qui ne comporte pas d'erreur.

- ☐ a. quatre-vingt-trois
- ☐ b. quatre-vingts-quatre
- ☐ c. quatre-vingt deux

8 Cochez la bonne proposition orthographique pour ces adverbes.

- ☐ a. fréquemment – savamment
- ☐ b. fréquement – savament
- ☐ c. fréquemment - savemment

Corrigés au verso

Corrigés

1 Complétez la phrase : Il ... encore difficile de mettre .... chaussures seule.

> a. *m'est – mes* : *m'est* se remplace par *m'était* ; *mes* se place devant un nom.

Voir **Fiche 3**

2 Complétez la phrase : ... soit le sujet, il trouve les rédactions ... peu difficiles...

> c. *quel que – quelque* : *quel que soit* est une locution figée à retenir ; *quelque peu* est une locution adverbiale invariable.

Voir **Fiche 5**

3 Cochez la phrase qui ne comporte pas d'erreur.

> c. *Quatre Français sur dix ne partent pas en vacances.* La phrase **a** commet l'erreur sur *êtes* (avec *vous*), la **b** sur *est* (singulier avec *plus de*...).

Voir **Fiche 6**

4 Complétez la phrase : « Quelles destinées ils ont ... ! »

> b. *eues* : le participe passé s'accorde avec le déterminant exclamatif placé avant (*quelles*).

Voir **Fiche 7**

5 Complétez la phrase : « Elles se sont ... les mains. »

> b. lavé : *se* n'est pas COD mais COI (*lavé à qui ? à elles*). On ne l'accorde donc pas.

Voir **Fiche 7**

6 Avec quel temps peut-on confondre l'imparfait en -ais/-ait ?

> c. le passé simple : on peut confondre avec la 1re personne des verbes du 1er groupe. On utilise un CCT pour les différencier : *je rêvai soudain / je rêvais souvent.*

Voir **Fiche 8**

7 Cochez le nombre qui ne comporte pas d'erreur.

> a. *quatre-vingt-trois* : la **b** fait l'erreur de mettre un *-s* à *vingt* alors qu'il y a une unité après, la **c** oublie le trait d'union avec l'unité.

Voir **Fiche 9**

8 Cochez la bonne proposition orthographique pour ces adverbes.

> a. *fréquemment – savamment* : les adverbes composés sur les adjectifs en *-ent* et *-ant* prennent deux -m (*récemment, violemment*).

Voir **Fiche 9**

Le verbe

À revoir
OK

10

• **Quand on analyse un verbe, on doit observer son groupe, son mode, son temps (simple ou composé) et sa tournure.**

1 MÉMORISER

a Les groupes et les auxiliaires

- Le 1er **groupe** rassemble les verbes dont l'infinitif se termine par -***er***.
- Le 2e **groupe** rassemble certains verbes en -***ir***.
- Le 3e **groupe** rassemble les autres verbes en -***ir***, -***oir(e)***, -***re***.
- Les **auxiliaires**, ***avoir*** et ***être***, pour construire les temps composés.

Astuce : Pour savoir si un verbe en *-ir* est du 2e ou du 3e groupe, on le conjugue au participe présent ou au présent de l'indicatif :
– *partir* → *partant* ou *nous partons* → 3e groupe ;
– *finir* → *finissant* ou *nous finissons* → 2e groupe.

b Les modes

- Les modes regroupent des temps ayant les mêmes **caractéristiques**.
- Les modes personnels :

– l'**indicatif** : fait réels ou faits considérés comme réalisables ;
– le **subjonctif** : faits considérés comme possibles ou souhaités ;
– le **conditionnel** : faits soumis à une condition ou à un souhait ;
– l'**impératif** : expression de l'ordre et ou du conseil.

- Les modes impersonnels :

– l'**infinitif** (*oublier*) ;
– le **participe passé** (*oublié*) ;
– le **participe présent** (*-ant* comme dans *oubliant*) ;
– le **gérondif** (*en* + participe présent : *en oubliant*).

c Les tournures

- La tournure est pronominale quand le verbe est précédé d'un **pronom** : *se lever, se souvenir, se laver...*

⚠ **Attention :** le sujet et le pronom COD doivent être à la même personne :
– *Je me lave* (*Je* et *me* à la 1re personne → le verbe est pronominal) ;
– *Je le lave* (*Je* et *le* pas à la même personne, → le verbe n'est pas pronominal).

● La tournure est impersonnelle quand le sujet du verbe est un **sujet grammatical** vide de sens représenté par les **pronoms** *il* ou *ça*.

⚠ **Attention :** « Il tombe une pluie glacée. » Dans cette phrase, il est le **sujet grammatical** et une *pluie glacée* effectue réellement l'action : c'est le **sujet logique**.

d Les temps

● Un temps simple ne comporte **qu'une seule forme** verbale.
Ex. : J'oublie, je perdrais.

● Un temps composé comporte **plusieurs formes** verbales dont la première est un **auxiliaire**.
Ex. : J'ai oublié, j'avais répondu.

● Chaque temps composé « correspond » à un temps simple. À l'indicatif :

L'essentiel

Pour analyser un **verbe**, utilisez les notions de **groupe**, **mode**, **temps** et **tournure**.

temps simple	temps composé
présent j'oublie	passé composé j'ai oublié (auxiliaire au présent + participe passé)
imparfait j'oubliais	plus-que-parfait j'avais oublié (auxiliaire à l'imparfait + P. P.)
passé simple j'oubliai	passé antérieur j'eus oublié (auxiliaire au passé simple + P. P.)
futur simple j'oublierai	futur antérieur j'aurai oublié (auxiliaire au futur simple + P. P.)

2 APPLIQUER AU BREVET

« Un mois, trois mois que nous sommes mariés, nous retournons à la fac, je donne des cours de latin. Le soir descend plus tôt, on travaille ensemble... » (A. Ernaux, *La Femme gelée*)

Quel est le temps employé majoritairement dans le texte ? Quelle est sa valeur ?

Polynésie française, 2017

Cette consigne courante demande d'observer le temps dominant : n'en donner qu'un seul après un bref sondage du texte. Ici, c'est le présent de l'indicatif.

« J'imagine » (l.1), « J'avais » (l.3) : **quels sont les temps employés ?**

Amérique du Sud, 2018

Il serait incomplet de ne répondre que « au présent et à l'imparfait » car ces temps se retrouvent dans plusieurs modes. Il faut donc répondre : « présent de l'indicatif et imparfait de l'indicatif ».

Le présent de l'indicatif

- À revoir
- OK

11

1 MÉMORISER

a Verbes réguliers

- Les verbes du 1er groupe ont des terminaisons en *-e*, les verbes des 2e et 3e groupes ont des terminaisons en *-s* et *-t*, sauf exception.

	1er groupe (*-er*)		2e groupe (*-ir*)		3e groupe	
je	-e	je chante	-s	je finis	-s	je sais
tu	-es	tu chantes	-s	tu finis	-s	tu sais
elle, il, on	-e	il chante	-t	il finit	-t	il sait
nous	-ons	nous chantons	-issons	nous finissons	-ons	nous savons
vous	-ez	vous chantez	-issez	vous finissez	-ez	vous savez
elles, ils	-ent	ils chantent	-issent	ils finissent	-ent	ils savent

⚠ **Attention :** n'oubliez pas le *-s*, marque verbale de la 2e personne du singulier (*tu*), ni le *-nt*, marque verbale de la 3e personne du pluriel (*ils*).

b Auxiliaires

- **Être** : je suis, tu es, il est, nous sommes, vous êtes, ils sont.
- **Avoir** : j'ai, tu as, il a, nous avons, vous avez, ils ont.

c Cas particuliers

- **Aller** : je vais, tu vas, il va, nous allons, vous allez, ils vont.
- **Pouvoir**, **vouloir**, **valoir** donnent ***-x*** / ***-x*** / ***-t*** au singulier.

Ex. : je peux, tu veux, il vaut.

- Les **verbes en *-dre*** donnent ***-ds*** / ***-ds*** / ***-d*** (on garde le *-d* final sauf pour les verbes en ***-indre*** et ***-soudre***).

Ex. : je per**ds**, il per**d** (perdre) ; tu pren**ds**, il pren**d** (prendre)
≠ je pein**s**, il pein**t** (peindre) ; tu résou**s**, il résou**t** (résoudre).

d Difficultés orthographiques

- **Les verbes en *-eter* ou *-eler*** (*peler, acheter, geler, marteler, fureter...*) utilisent **l'accent grave** pour faire le son « è » à certaines personnes.

Ex. : je g**è**le, ils g**è**lent (geler) ; tu ach**è**tes, elles ach**è**tent (acheter).

- **Les verbes *appeler, jeter*** et leurs composés (*interpeler, rappeler, rejeter...*) doublent la consonne finale (-*t* ou -*l*) devant un -*e* muet pour faire le son « -è ».

Ex. : j'appe**ll**e, elle appe**ll**e (appeler) ; tu je**tt**es, ils je**tt**ent (jeter).

> Astuce : Quand on entend « **eu** », un **-t** ou **-l** (*nous jetons, nous rappelons*) ; quand on entend « **è** », deux **-t** ou **-l** (*elle rejette, elle appelle*).

- **Les verbes en -*yer*** changent le -*y* en -*i* devant un -*e* muet.

Ex. : je tuto**i**e, nous tuto**y**ons (tutoyer) ; il netto**i**e, vous netto**y**ez (nettoyer).

- **Les verbes en -*éer, -ier, -uer, -ouer*** (*créer, crier, situer, secouer...*) comportent un -*e* muet dans leurs terminaisons.

Ex. : je cré**e**, elle cri**e**, tu situ**e**s, ils secou**e**nt.

L'essentiel

La conjugaison du présent est la plus utilisée. C'est donc celle qui comporte le plus d'exceptions et de difficultés.

2 APPLIQUER AU BREVET

Réécrivez le passage au présent de l'indicatif en remplaçant « il » par « elles ».

« Demeuré seul dans son réduit, il fit un peu de température et, soudain, se sentit en proie à l'inspiration. » (M. Aymé, *Le Passe-Muraille*)

Antilles-Guyane, 2019

Pour changer de temps, la méthode est d'abord d'entourer les verbes à modifier, de retrouver leur infinitif puis de conjuguer à la bonne personne : « Demeurées seules dans leur réduit, elles font [...] et se sentent... »

Dictée : « Je retrouve la tourmente du front [...] puis je la reperds. Je vois des hommes que je ne peux compter, je les vois s'agiter autour de moi, ils parlent parfois, mais je ne comprends pas ce qu'ils disent. » (L. Gaudé, *Cris*)

Asie, 2018

Dans cet extrait de dictée, les difficultés portent sur les accords au pluriel (*ils parlent*), les verbes en -*dre* (*je reperds, je comprends*) et le verbe *pouvoir* (*je peux*). Le présent de l'indicatif est assez courant en dictée : c'est un temps difficile !

Le futur simple et le conditionnel présent

À revoir
OK

12

1 MÉMORISER

a Le futur simple de l'indicatif

- Le futur simple est formé sur l'infinitif, auquel on ajoute des **terminaisons**. Celles-ci sont **identiques** pour tous les groupes : -***ai***, -***as***, -***a***, -***ons***, -***ez***, -***ont***.

	1er et 2e groupes	3e groupe	
construction	infinitif (-*er* et -*ir*) + terminaisons	infinitif (-*ir*) + terminaisons	infinitif (auquel on enlève le -*e* final) + terminaisons

Ex. : je passer**ai**, tu écraser**as**, elle finir**a** (1er et 2e groupes). je sourir**ai**, tu perdr**as**, il plair**a** (3e groupe).

- Beaucoup de radicaux sont **modifiés**.

avoir : j'aurai	cueillir : je cueillerai	pouvoir : je pourrai
être : je serai	acquérir : j'acquerrai	voir : je verrai
venir : je viendrai	devoir : je devrai	s'assoir : je m'assoirai
tenir : je tiendrai	savoir : je saurai	faire : je ferai
courir : je courrai	vouloir : je voudrai	aller : j'irai
mourir : je mourrai	falloir : il faudra	envoyer : j'enverrai

- **Difficultés orthographiques :**

– les verbes en -***uyer*** et -***oyer***, sauf *envoyer*, changent leur -*y* en -*i* ;

Ex. : je m'ennu**i**erai (s'ennuyer), tu netto**i**eras (nettoyer).

– les verbes en -***ayer*** s'écrivent avec -*y* ou -*i* ;

Ex. : il pa**y**era / pa**i**era (payer).

– les verbes ***jeter*** et ***appeler*** (et leurs composés) doublent leur consonne pour faire le son « è » ;

Ex. : je je**tt**erai (jeter), tu appe**ll**eras (appeler).

– les verbes en -***ier***, -***éer*** et -***uer*** gardent le -*e* muet du radical.

Ex. : tu multipli**e**ras (multiplier), ils cré**e**ront (créer), nous jou**e**rons (jouer).

- Le futur antérieur est un temps composé. Il se forme avec un auxiliaire au futur simple et un participe passé.

Ex. : tu auras fini (finir), nous aurons pu (pouvoir).

b Le conditionnel présent

- Il se forme, comme le futur simple, sur l'infinitif du verbe et les cas particuliers sont les mêmes.
- Les terminaisons sont identiques pour tous les groupes : -*ais*, -*ais*, -*ait*, -*ions*, -*iez*, -*aient*.
- On appelle parfois le conditionnel présent « **futur dans le passé** ». Il est d'ailleurs construit comme le futur simple avec les terminaisons de **l'imparfait**.

Ex. : je jouerais, tu verrais, elle courrait, nous finirions, vous feriez, ils plairaient.

- Le conditionnel passé se forme avec un auxiliaire au conditionnel présent et un participe passé.

Ex. : tu aurais fini (finir), nous aurions pu (pouvoir).

L'essentiel

La seule difficulté du futur et du conditionnel est la modification de plusieurs radicaux à connaitre (par exemple, *voir* / *je verrai*).

2 APPLIQUER AU BREVET

« Cette agriculture pourrait constituer un idéal prometteur. »

Identifiez le temps du verbe conjugué et précisez sa valeur.

Amérique du Nord, 2018

Les questions sur les temps demandent de ne pas oublier d'indiquer le **mode** : ici, c'est donc du conditionnel présent, à ne pas confondre avec un futur simple ou un imparfait de l'indicatif.

« Cela m'était bien égal, à moi qui n'avais aucune affaire. On ne me connaissait pas, on ne me regardait pas, on ne me reprenait pas. » (Colette, *Le Blé en herbe*.)

Réécrivez cette phrase au conditionnel passé en employant la première personne du pluriel.

Certaines réécritures vous demandent de modifier des phrases en utilisant le conditionnel passé. En outre, ici, il y a un double changement : de temps et de personne. Pour éviter les erreurs, il faut d'abord repérer les verbes et les marques de personne avant de transformer : « Cela nous **aurait été** bien égal, à nous qui n'**aurions eu** (ou *n'avions*, on peut garder ce temps) aucune affaire. On ne nous **aurait** pas regardés, on ne nous **aurait** pas repris. »

L'imparfait et le passé simple

À revoir
OK

13

1 MÉMORISER

a L'imparfait de l'indicatif

- Tous les verbes prennent les mêmes terminaisons : ***-ais***, ***-ais***, ***-ait***, ***-ions***, ***-iez***, ***-aient***.

Ex. : je créais, tu créais, il créait, nous créions, vous créiez, ils créaient.

- **Cas particuliers :**

– certains verbes changent de **radical** ;

Ex. : éteindre (j'étei**gn**ais), écrire (j'écri**v**ais), prendre (je pre**n**ais), apparaître (j'apparai**ss**ais), conduire (je condui**s**ais), faire (je fai**s**ais)…

– pour certains verbes du **1er groupe**, il ne faut pas oublier de placer les **terminaisons complètes** aux deux premières personnes du pluriel :

verbes en **-yer**	nettoyer	nous nettoy**i**ons	vous nettoy**i**ez
verbes en **-ier**	copier	nous copi**i**ons	vous copi**i**ez
verbes en **–iller**	travailler	nous travaill**i**ons	vous travaill**i**ez
verbes en **-gner**	gagner	nous gagn**i**ons	vous gagn**i**ez

– certains verbes du **3e groupe** présentent les mêmes difficultés.

Ex. : rire (nous ri**i**ons), voir (nous voy**i**ons), cueillir (nous cueill**i**ons), fuir (nous fuy**i**ons), peindre (nous peign**i**ons).

⚠ **Attention :** ce *-i* est la seule manière de distinguer **le présent** et **l'imparfait** de l'indicatif : *nous sai**gn**ons* (présent) ≠ *nous sai**gni**ons* (imparfait).

b Le passé simple

- Cette conjugaison est considérée comme difficile car on ne l'emploie plus à l'oral. Chaque groupe a sa terminaison où une voyelle domine.

- **1er groupe :** *je rêvai, tu rêvas, il rêva*… Le ***-a*** domine.

- **2e groupe :** *je remplis, tu remplis, il remplit*… Le ***-i*** domine.

- **3e groupe :** *je lus* (***-u***) mais aussi *je sortis* (***-i***), *je vins* (***-in***).

Astuce : Pour résoudre la difficulté du 3e groupe, cherchez le participe passé du verbe : *il est sorti* → *il sortit* ; *il a cru* → *il crut.*

1er groupe	2e groupe	3e groupe		
passé simple en -*a* / -*è*	**passé simple en -*i***	**passé simple en -*i***	**passé simple en -*u***	**passé simple en -*in***
manger, oublier, rêver, aller...	surgir, accomplir, se blottir...	sortir, mettre, attendre...	lire, croire, pouvoir, vivre...	venir, tenir et leurs composés
-ai	-is	-is	-us	-ins
-as	-is	-is	-us	-ins
-a	-is	-it	-ut	-int
-âmes	-îmes	-îmes	-ûmes	-înmes
-âtes	-îtes	-îtes	-ûtes	-întes
-èrent	-irent	-irent	-urent	-inrent

- **Les auxiliaires**

– **Avoir** : j'eus, tu eus, il eut, nous eûmes, vous eûtes, ils eurent.
– **Être** : je fus, tu fus, il fut, nous fûmes, vous fûtes, ils furent.

- **Quelques verbes difficiles**

– **Naître** → *il naquit* ; **peindre** → *il peignit* ; **mettre** → *il mit* ; **vivre** → *il vécut.*

– Les verbes en -***ger*** prennent un -***e*** devant les terminaisons en -*a*.
Ex. : il man**ge**a, nous man**ge**âmes.

– Les verbes en -***cer*** prennent une **cédille** devant les terminaisons en -*a*.
Ex. : il lan**ç**a, vous lan**ç**âtes.

L'essentiel

Attention aux changements de radical à l'imparfait et à la voyelle à utiliser dans la terminaison du passé simple.

2 APPLIQUER AU BREVET

« Je cessai d'écrire et je me pris à pleurer ma gloire à venir. » (F.-R. de Chateaubriand).

Quel temps verbal est utilisé ici ?

Ici, il s'agit du passé simple. Dans les questions et en dictée, il ne faut pas confondre la 1re personne du singulier de l'imparfait (*je cessais*) avec celle du passé simple (*je cessai*) : seul le -*s* fait la différence ! Observez le temps des **autres verbes** (*me pris*, également au passé simple).

Le subjonctif et l'impératif

☐ À revoir
☐ OK

14

1 MÉMORISER

a Le subjonctif présent

● Pour le construire, on utilise le **radical du présent de l'indicatif** en ajoutant à tous les groupes les mêmes terminaisons :
-e, ***-es***, ***-e***, ***-ions***, ***-iez***, ***-ent***.

1er **groupe** : chanter	2e **groupe** : agir	3e **groupe** : attendre
que je chante, tu chantes, il chante, nous chantions, vous chantiez, ils chantent	que j'agisse, tu agisses, il agisse, nous agissions, vous agissiez, ils agissent	que j'attende, tu attendes, il attende, nous attendions, vous attendiez, ils attendent

● **Les auxiliaires**
– **Avoir** : que j'aie, tu aies, il ait, nous ayons, vous ayez, ils aient.
– **Être** : que je sois, tu sois, il soit, nous soyons, vous soyez, ils soient.

● De nombreux **verbes du 3^e^ groupe** modifient leur **radical**.

faire : qu'il fasse savoir : qu'il sache devoir : qu'il doive dire : qu'il dise	venir : qu'il vienne voir : qu'il voie pouvoir : qu'il puisse plaire : qu'il plaise	aller : qu'il aille conduire : qu'il conduise vouloir : qu'il veuille peindre : qu'il peigne

b Les autres temps du subjonctif

● Le subjonctif passé : ce temps **composé** est constitué de l'auxiliaire au subjonctif présent et du participe passé du verbe.
Ex. : que j'aie pris, qu'elle ait oublié, que nous soyons partis...

● L'imparfait du subjonctif : radical du passé simple + terminaisons en ***-sse***, ***-sses***, ***-ât*** / ***-ît*** / ***-ût*** / ***-înt***, ***-ssions***, ***-ssiez***, ***ssent.***
Ex. : que je misse, que tu fusses, qu'il partît, qu'ils insistassent...

> **Astuce :** L'accent circonflexe permet de ne pas confondre le passé simple de l'indicatif (*il fut, il eut*) et l'imparfait du subjonctif (*qu'il fût, qu'il eût*).

● Le plus-que-parfait du subjonctif : auxiliaire à l'imparfait du subjonctif + participe passé du verbe.
Ex. : que j'eusse oublié, que nous eussions volé, qu'ils fussent partis.

C L'impératif présent

- Mode de l'ordre et du conseil, l'impératif ne se conjugue qu'à **trois personnes** et **sans sujet** exprimé.

	1er groupe		2e et 3e groupes	
2e pers. du singulier	-e	oublie	-s	finis, prends
1re pers. du pluriel	-ons	oublions	-ons	finissons, prenons
2e pers. du pluriel	-ez	oubliez	-ez	finissez, prenez

- Les **auxiliaires** et certains verbes ont des formes particulières.

avoir	être	aller	vouloir	savoir
aie ayons ayez	sois soyons soyez	va allons allez	veuille veuillons veuillez	sache sachons sachez

- **Difficultés**

– Les verbes *ouvrir, offrir, souffrir, couvrir, cueillir* se conjuguent comme ceux du 1er groupe, c'est-à-dire **sans -*s* à la 2e personne du singulier**.
Ex. : ouvre, offre, souffre, couvre, cueille.

– Lorsque la 2e personne de l'impératif est **terminée par une voyelle**, on ajoute un **-*s* devant *y* et *en***, pour assurer la liaison.
Ex. : Va au CDI → va**s**-y. Coupe du bois > coupe**s**-en.

L'essentiel

La principale difficulté de l'impératif est le choix entre -*e* et -*s* à la 2e personne du singulier. Pour le subjonctif, il s'agit de connaitre les verbes qui changent de radical.

2 APPLIQUER AU BREVET

« Je suppose qu'elle pense encore à moi. Je regrette que nous devions nous séparer. »

À quels temps et mode sont conjugués les verbes « pense » et « devions » ?

Certaines questions demandent de reconnaitre le subjonctif. Afin de le retrouver, on met le verbe à un temps du passé :
– *Je suppose qu'elle pense* → *qu'elle pensait* : on utilise l'imparfait de l'indicatif, le verbe est donc au **présent de l'indicatif** ;

– *Je regrette que nous devions* → *que nous ayons dû* : on utilise le passé du subjonctif, le verbe est donc au **présent du subjonctif**.

Les confusions de conjugaison

- À revoir
- OK

15

Beaucoup d'erreurs proviennent de conjugaisons homophones, que l'on entend de la même manière. Elles sont évitables par des astuces.

1 MÉMORISER

a *-ai* ou *-ais* ?

Ex. : Tous les soirs, j'écout... la radio.

- On distingue mal **le passé simple et l'imparfait de l'indicatif** pour les verbes du 1er groupe à la 1re personne.
- Des **indices de temps** peuvent les différencier. Ainsi, *tous les soirs* indique la répétition, toujours marquée par l'imparfait. Au contraire, *un jour* ou *tout à coup* seront suivis du passé simple.

> Astuce : On remplace par la 2e personne.
> *Tous les soirs, j'écout... la radio* → *Tous les soirs, tu* ***écoutais*** *la radio* et non *tu écoutas* : le verbe est donc à l'imparfait et s'écrit *j'écou**tais***.

b *-rai* ou *-rais* ?

Ex. : J'aime... qu'il fasse beau.

- On distingue mal **le futur simple et le conditionnel présent** à la 1re personne du singulier.
- *J'aimerais* est la formulation d'un **souhait**, souvent exprimé par le conditionnel présent. Au contraire, le futur est le temps des évènements qui **vont assurément se produire** quoi qu'il arrive.

> Astuce : On remplace par la 2e personne.
> *J'aime... qu'il fasse beau* → *Tu* ***aimerais*** *qu'il fasse beau* et non *tu aimeras* : le verbe est donc au conditionnel présent et s'écrit *j'aime**rais***.

c *-s* ou *-e* ? *-e* ou *-t* ?

Ex. : Il faut que je le voi... demain.

- On distingue mal **les présents de l'indicatif et du subjonctif**.
- Seul le subjonctif indique une action qui ne s'est **pas encore réalisée** : *Il faut que je le voie* (on ne l'a pas encore vu).

> Astuce : On remplace par *pouvoir* ou *faire*.
> Il *faut que je le voi...* → *Il faut que je le* ***fasse*** / ***puisse*** : le verbe est donc au subjonctif et s'écrit *voie*.

d est ou ait ?

Ex. : Pour son anniversaire, je veux qu'il ... un beau cadeau.

- On distingue mal *ait*, ***avoir*** à la 3e personne du singulier du présent du subjonctif, et *est*, ***être*** à la 3e personne du singulier du présent de l'indicatif.
- Le subjonctif *ait* est souvent introduit par *que* et employé avec un verbe exprimant le sentiment, le doute, la volonté, la crainte...

Astuce : On met la phrase au pluriel. *Je veux qu'il... → Je veux que* ***nous ayons*** *un beau cadeau* : le verbe est donc *avoir* au présent du subjonctif et s'écrit ***ait***.

e -i, -is, -it ? -u, -us, -ut ?

Ex. : Il a beaucoup r... Je reç... un colis.

- On distingue mal **la forme conjuguée du verbe et son participe passé**.
- Le participe passé est utilisé par les temps composés et **suit un auxiliaire**. Les formes conjuguées aux temps simples fonctionnent **seules** (présent, passé simple, etc.).

Astuce : On remplace le verbe par *vendre* ou *mordre*. *Il a beaucoup r... → Il a beaucoup* ***vendu / mordu*** : c'est le participe passé qui convient (***ri***).

L'essentiel

En cas d'hésitation entre deux orthographes, remplacez la forme verbale par une autre (autre temps, autre personne, autre verbe...).

2 APPLIQUER AU BREVET

« La boue de la rizière colle aux jambes, aspire les pieds, elle se répand sur les mains, les bras on a trouve jusque sur le front. » (A. Jenni, *L'Art français de la guerre*). **Mettez le passage au passé composé.**

Polynésie, 2019

Les réécritures au passé composé sont courantes : ce sont les accords du participe passé qu'on évalue (*a collé, a aspiré, s'est répandue, a trouvé*). Attention aux participes passés en *-i* : *j'ai ri, j'ai pris, j'ai dit*. Pour savoir quelle terminaison utiliser, on les passe au **féminin** : *pris / prise, mis / mise, dit / dite, construit / construite, fini / finie, parti / partie.*

« Je viendrai », « je voudrais » : **expliquez la différence d'orthographe**.

Sujet zéro, 2017

Ce genre de consigne évalue vos connaissances sur les temps. Ici, il faut répondre : *viendrai* est au futur simple de l'indicatif parce que le fait est certain, *voudrais* est au conditionnel présent qui exprime un souhait.

La concordance des temps

À revoir
OK

16

La concordance est l'articulation entre le temps de la proposition principale et le celui-ci de la subordonnée. Elle suit quelques règles.

1 MÉMORISER

a Les subordonnées à l'indicatif

temps de la principale	temps de la subordonnée		
	se déroulant avant	se déroulant en même temps	se déroulant après
présent ou futur je dis / je dirai	passé composé ou imparfait qu'il a oublié qu'il oubliait	présent qu'il oublie	futur simple qu'il oubliera
temps du passé je disais / j'ai dit	plus-que-parfait qu'il avait oublié	imparfait qu'il oubliait	conditionnel présent qu'il oublierait

Astuce : appuyez-vous sur les indices de temps : *Elle me* ***confessa*** *que, la veille, elle* ***avait perdu*** *mon bracelet, qu'elle* ***était*** *en train de le chercher et qu'au pire, elle m'en* ***rachèterait*** *un autre le lendemain.*

b Les subordonnées au subjonctif

temps de la principale	temps de la subordonnée		
	se déroulant avant	se déroulant en même temps	se déroulant après
présent ou futur il faut / il faudra	passé qu'il l'ait fait	présent qu'il le fasse	présent qu'il le fasse
temps du passé ou conditionnel il fallait / il faudrait	subj. passé ou plus-que-parfait qu'il l'ait fait qu'il l'eût fait	subj. présent ou imparfait qu'il le fasse qu'il le fît	subj. présent ou imparfait qu'il le fasse qu'il le fît

⚠ **Attention :** le subjonctif imparfait dans la subordonnée procède d'un **langage soutenu** : *Je tenais à ce qu'il le* ***vît***. Même s'il ne respecte pas la concordance, le subjonctif présent reste plus **courant** : *Je tenais à ce qu'il le* ***voie***.

C L'expression de l'hypothèse

temps de la principale	temps de la subordonnée	exemple	type d'action
futur simple	si + présent	Je le **ferai**, si j'en **reçois** l'ordre.	va se réaliser si la condition est remplie (potentiel)
conditionnel présent	si + imparfait	Je **partirais**, si je le **pouvais**.	possible, envisageable dans le futur (potentiel)
conditionnel présent	si + imparfait	**Je remonterais** le temps, si j'en **avais** le pouvoir.	difficile à réaliser ou contredite par la réalité (irréel du présent)
conditionnel passé	si + plus-que-parfait	Je l'**aurais appelée**, si j'**avais su**.	ne pourra jamais se réaliser (irréel du présent)

L'essentiel

Le choix du temps après que ou si dépend de certaines règles, afin d'éviter des erreurs de syntaxe.

2 APPLIQUER AU BREVET

« Andromaque demande à Pyrrhus : « Seigneur, que faites-vous, et que fera la Grèce ? »

Réécrivez cette phrase au discours indirect en mettant le verbe introducteur au passé simple.

France métropolitaine, 2018

En réécriture, dès qu'on demande un **changement de discours** (voir fiche 44), cela entraine une concordance à faire : « Andromaque demanda à Pyrrhus ce qu'il faisait (imparfait) et ce que ferait (conditionnel présent) la Grèce. » On remarque la valeur de « futur dans le passé » du conditionnel ici.

« Le festin terminé, plaisir et frustration aussitôt oubliés, c'était la course vers l'extrémité ouest de la plage. » (A. Camus, *Le Premier Homme*)

Remplacez les deux groupes soulignés par deux propositions subordonnées compléments circonstanciels de temps.

France métropolitaine, 2019

Les consignes qui demandent de modifier une phrase pour créer une **subordination** sont courantes. Elles entraînent des problèmes de concordance. Ici, on remarque que le fait de finir le festin et de tout oublier est antérieur à la course sur la plage. Il faut donc utiliser un temps composé de l'indicatif : « après que le festin était terminé », « dès qu'on avait oublié plaisir et frustration » (plus-que-parfait).

Les valeurs du présent de l'indicatif

À revoir
OK

17

La valeur d'un temps est la façon dont il présente le déroulement d'un évènement. Le présent de l'indicatif a six valeurs.

1 MÉMORISER

a Le présent d'énonciation

- Il indique des faits qui se passent **au moment où l'on parle** ou on écrit.

Ex. : En ce moment, nous étudions d'arrache-pied pour le brevet.

b Le présent de narration

- Il renvoie à des **faits passés** que l'on raconte au présent pour donner plus de vivacité et d'importance au récit.

Ex. : Il s'emporta et partit. Mais soudain, le voilà qui revient !

c Le présent de vérité générale

- Il indique des **faits vrais**, scientifiques, vérifiés de tout temps.

Ex. : Le tigre est un grand félin.

⚠ Attention : dans un récit au passé, on peut trouver du **présent d'énonciation** quand l'auteur évoque ce qu'il ressent au moment de l'écriture ; du **présent de vérité générale** dans un court passage explicatif ; du **présent d'énonciation** dans les dialogues rapportés au style direct ; du **présent de narration**, pour rendre plus vif le récit d'un évènement important.

d Le présent d'habitude

- Il s'emploie pour des faits qui **se répètent** dans le présent.

Ex. : Tous les matins, je fais un peu d'exercice.

e Le futur proche

- Il s'emploie pour des faits qui vont **bientôt** se produire.

Ex. : Je termine au plus vite et je te rejoins juste après.

f Le passé proche

- Il indique des faits qui **viennent** de se produire.

Ex. : Elle sort à l'instant de chez moi !

L'essentiel

Le présent de l'indicatif ne renvoie pas toujours... au présent ! Il a d'autres valeurs : demandez-vous toujours à quelle époque il renvoie..

2 APPLIQUER AU BREVET

« J'imagine que c'est surtout à cause de moi et pour moi que mes parents envisagèrent de revenir à Paris [...]. J'avais seize ans. » (J. d'Ormesson, *Je dirai malgré tout que cette vie fut belle*)

Quels sont les temps employés ? Comment comprenez-vous leur usage ?

Amérique du Sud, 2018

Comprendre l'usage d'un temps, c'est trouver sa valeur. Ici « imaginer » est au présent de l'indicatif : c'est un présent d'énonciation, qui renvoie au présent de l'écriture.

« Mon premier amour a les dents jaunes. Il entre dans mes yeux de deux ans [...]. Il y est encore à l'heure où je vous parle. » (C. Bobin, *La Folle Allure*.)

Justifiez l'emploi des divers présents.

Justifier l'emploi d'un temps, c'est donner sa **valeur**. Ici, *a* et *entre* sont des présents de narration car ils **renvoient** à l'enfance de l'héroïne (*deux ans*). Comme l'indique bien la phrase, *est* et *parle* sont des présents d'énonciation qui renvoient au temps de l'écriture (*où je vous parle*).

« Et puis j'ai dit que je m'intéresse aux chiens parce qu'ils sont fidèles et francs et qu'il y en a qui sont plus attachants que certaines personnes. » (M. Haddon, *Le Bizarre Incident du chien pendant la nuit*.)

Justifiez l'emploi du présent dans l'expression « ils sont fidèles ».

La réponse doit être **justifiée** et peut être rédigée ainsi : « Le verbe *être* est ici utilisé au présent de vérité générale **car** le narrateur énonce une vérité qu'il considère comme juste et éternelle, celle de la légendaire fidélité des chiens. »

Rédaction : Devenu adulte, un des enfants de la photographie [...] raconte, comme Albert Camus, les jeux de son enfance.

France métropolitaine, 2019

En rédaction, certains sujets proposent d'inventer une autobiographie ou un récit à la 1re personne. Trois valeurs du présent seront alors utilisables :
- le présent **d'énonciation** (au moment où la personne écrit) ;
- le présent **de vérité générale** (dictons, proverbes, faits historiques...) ;
- le présent **de narration** (pour un récit plus vivant).

Les valeurs des temps de l'indicatif et du conditionnel

À revoir
OK

18

1 MÉMORISER

a Le futur simple

nom	valeur et type d'action	exemple
temporel	actions à venir	Très bientôt, nous **aurons** notre brevet.
injonctif	expression d'un ordre ou d'un conseil	Tu **viendras** me voir à la fin du cours.

b Le passé simple

nom	valeur et type d'action	exemple
de premier plan	fait passé ponctuel, unique et souvent bref, qui fait avancer le récit	Par un bel après-midi d'août, je **pris** la décision de partir.

⚠ **Attention :** le **passé composé** remplace souvent, surtout à l'oral, le passé simple, dont il prend alors les valeurs.

c L'imparfait

nom	valeur et type d'action	exemple
de second plan	action secondaire ou en cours, fait passé sans durée précise, cadre dans lequel se déroule l'action (paysage, atmosphère, sentiments)	**J'avais** froid et me **tenais** près de la porte lorsque celle-ci s'ouvrit.
de description	fait passé qui dure et qui sert à décrire un être, un objet, un lieu	Ma mère **était** jolie.
d'hypothèse	condition pour qu'un fait puisse se réaliser, employé après *si*	Si **j'avais** de l'argent, j'achèterais un bateau.
d'habitude ou de répétition	faits répétés plusieurs fois dans le passé	Avec elle, je me **sentais** bien.

d Les temps composés

- Ils expriment une **antériorité** par rapport au temps simple qui leur correspond.

nom	valeur et type d'action	exemple
passé composé	fait antérieur à un évènement au présent	Je sais que je t'**ai vu**.
plus-que-parfait	fait antérieur au moment de l'action dans un récit au passé	La veille, il **avait cassé** un vase.

nom	valeur et type d'action	exemple
passé antérieur	fait antérieur à un évènement exprimé au passé simple	Dès qu'il **eut terminé** son repas, il partit.
futur antérieur	fait qui se situe juste avant un évènement à venir	Tu reviendras dès que tu **auras terminé**.

e Le conditionnel présent

nom	valeur et type d'action	exemple
temporel	fait postérieur au moment de l'histoire dans un récit au passé (futur dans le passé)	J'étais sûr que le lendemain, il ne **serait** pas au rendez-vous.
modal	fait qui peut arriver mais incertain, soumis à une condition	Si vous me donniez à manger, je vous **indiquerais** le chemin.
de politesse	atténuation d'une demande ou conseil	Je **voudrais** une baguette pas trop cuite.

L'essentiel

Retenez que la valeur exprime la manière dont un fait se produit et sa place par rapport aux autres évènements.

2 APPLIQUER AU BREVET

« J'y avais rêvé dès l'enfance. »

À quel temps le verbe est-il conjugué ? Expliquez son emploi.

Pondichéry, 2017

Cette consigne double est très souvent donnée : on doit indiquer à la fois le temps et sa valeur (« expliquez »). Ici, c'est un plus-que-parfait de l'indicatif qui marque une action antérieure (durant l'enfance) à celle exprimée par l'imparfait.

« Villegagnon pleurait de joie [...]. Il leur fallut encore naviguer deux jours pour être en vue de la côte. Trois mois et demi s'étaient écoulés depuis leur départ du Havre. » (J.-C. Rufin, *Rouge Brésil*)

Relevez les verbes conjugués, identifiez les trois temps verbaux et indiquez la valeur de chacun de ces temps.

Asie, 2019

Cette consigne est triple : un relevé, le temps puis sa valeur. La difficulté ici porte sur l'imparfait : l'action est ici en cours d'accomplissement, sans limite précise.

CONJUGAISON

1 Quel est le mode utilisé dans « en marchant » ?

- ☐ a. participe passé
- ☐ b. participe présent
- ☐ c. gérondif

2 Lequel de ces trois verbes s'écrit sans *-d* au présent de l'indicatif ?

- ☐ a. rendre
- ☐ b. résoudre
- ☐ c. perdre

3 Quel est le temps utilisé dans : « Tu aurais fini » ?

- ☐ a. le conditionnel présent
- ☐ b. le conditionnel passé
- ☐ c. le plus-que-parfait

4 Quelle est la bonne orthographe pour *manger* au passé simple ?

- ☐ a. je mangeas
- ☐ b. je mangeais
- ☐ c. je mangeai

5 À quel temps le verbe *oublier* est-il conjugué dans la phrase : « Il est dommage qu'elle ait oublié » ?

- ☐ a. impératif présent
- ☐ b. subjonctif passé
- ☐ c. subjonctif présent

6 Quelle est la valeur du présent de l'indicatif dans : « Les vaccins sauvent de nombreux enfants. » ?

- ☐ a. présent de narration
- ☐ b. présent d'énonciation
- ☐ c. présent de vérité générale

7 Quel temps utilise-t-on pour raconter un fait postérieur dans un récit au passé ?

- ☐ a. conditionnel présent
- ☐ b. plus-que-parfait
- ☐ c. futur antérieur

8 Quel temps peut exprimer une antériorité dans un récit au passé ?

- ☐ a. passé simple
- ☐ b. passé antérieur
- ☐ c. futur simple

Corrigés au verso

Corrigés

1 Quel est le mode utilisé dans « en marchant » ?

> **c.** gérondif : la préposition *en* le différencie du simple participe présent.

Voir **Fiche 10**

2 Lequel de ces trois verbes s'écrit sans *-d* au présent de l'indicatif ?

> **b.** résoudre : comme tout verbe en *-indre* et *-soudre*, il perd le *-d* (*je résous, tu résous, il résout*).

Voir **Fiche 11**

3 Quel est le temps utilisé dans : « Tu aurais fini » ?

> **b.** le conditionnel passé : c'est un temps composé, formé du conditionnel en *-rais* et du participe passé.

Voir **Fiche 12**

4 Quelle est la bonne orthographe pour *manger* au passé simple ?

> **c.** je mangeai : les verbes du 1er groupe à la 1re personne sont sources d'erreur car ils sont en *-ai*.

Voir **Fiche 13**

5 À quel temps le verbe *oublier* est-il conjugué dans la phrase : « Il est dommage qu'elle ait oublié » ?

> **b.** subjonctif passé : c'est un temps composé (deux formes). Pour bien repérer le subjonctif *ait*, on remplace par *être venu* (*qu'elle soit venue*).

Voir **Fiche 14**

6 Quelle est la valeur du présent de l'indicatif dans : « Les vaccins sauvent de nombreux enfants. » ?

> **c.** présent de vérité générale : c'est une règle scientifique. Le présent de narration, au contraire, raconte un fait passé.

Voir **Fiche 17**

7 Quel temps utilise-t-on pour raconter un fait postérieur dans un récit au passé ?

> **a.** conditionnel présent : on l'appelle « futur dans le passé » (« *Je ne savais pas encore qu'elle* ***apparaîtrait une semaine après****.* »)

Voir **Fiche 18**

8 Quel temps peut exprimer une antériorité dans un récit au passé ?

> **b.** passé antérieur : comme tous les temps composés, il exprime un fait antérieur à un autre (ici, à un fait exprimé au passé simple).

Voir **Fiche 18**

La formation des mots

À revoir
OK

19

La formation d'un mot est sa construction, la manière dont il a été construit. Avant tout, il faut repérer son radical, la racine qui permet de construire le mot. Pour former un mot, il y a trois possibilités.

1 MÉMORISER

a La dérivation

- Les mots dérivés sont créés en **ajoutant des éléments** (un préfixe et/ou un suffixe) à un **radical**. Les mots ayant le même radical appartiennent à la même famille.

Ex. : dent, dentition, dentiste, dentaire, édenté.

- Les préfixes précèdent le radical. Chaque préfixe a un sens précis.

préfixe	sens	exemple	préfixe	sens	exemple
anti-	contre	antibruit	**in-**	privé de	instable
co-	avec	coéquipier	**mal-**	privé de	maladroit
ex- / é-	extérieur	épiler	**re- / r-**	à nouveau	rentrer
in-, en-	intérieur	enfermer	**trans-**	à travers	transpercer

Astuce : Pour savoir s'il faut mettre deux *-n*, deux *-l* ou deux *-r*, on décompose le mot : *irrespectueux* (*ir* + *respectueux*) ; *inodore* (*in* + *odore*).

- Les suffixes suivent le radical. Ils forment des mots de **classe grammaticale différente** (*rouge* > *rougir*) ou apportent une **nuance de sens** (*gris**âtre***, *jeun**ot***).

suffixe	sens	exemple	suffixe	sens	exemple
-age	action	pilotage	**-al**	relatif à	régional
-ette	diminutif	tablette	**-ible / -able**	qualité	lisible
-iste	métier	dentiste	**-ir**	changement	faiblir
-té	qualité	propreté	**-oter**	diminutif	siffloter

- Un radical peut varier avec l'ajout d'un suffixe (*vert* → *verdâtre*). En outre, il peut être différent si la famille comporte à la fois des mots construits **à partir du mot français d'origine latine** (formation populaire) et des mots créés **à partir de la racine latine** (formation savante).

Ex. : *febris* → fièvre → fiévreux, enfiévrer (formation populaire).
→ fébrile, fébrifuge (formation savante).

b La composition

- On obtient un mot composé en associant **deux mots** existant déjà.

Ex. : portefeuille (porte + feuille), lave-linge (lave + linge).

- On peut également combiner **plusieurs éléments latins ou grecs**.

Ex. : télescope (*tele* [loin, en grec] + *scope* [vision, en grec])
omnivore (*omni* [tout, en latin] + *vore* [manger, en latin])

c L'emprunt

- Certains mots sont empruntés aux **langues anciennes ou étrangères**.

Ex. : forum (latin), rugby (anglais), algèbre (arabe), banque (italien).

L'essentiel

Un mot est construit à partir de plusieurs racines existantes (composition) ou en ajoutant préfixes et suffixes à un radical (dérivation).

2 APPLIQUER AU BREVET

« Impénétrable » : **étudiez la composition de ce mot.**

Sujet zéro 2017

La grande majorité des sujets contiennent une question de ce type. Elle a des variantes : « expliquer précisément », « faire apparaitre ses parties », « identifier chaque élément du mot », « donner sa formation », « expliquer sa construction », « décomposer ». Dans tous les cas, il s'agit d'identifier clairement le ou les **préfixes**, le **radical** ainsi que le ou les **suffixes** présents.

« Invincible » : **analysez la composition de ce mot et expliquez son sens.**

Centres étrangers, 2018

Cette consigne double est classique. La décomposition du mot facilite son explication et la présentation de la réponse peut s'appuyer sur les constituants du mot : L'adjectif invincible désigne la caractéristique de ne pas (préfixe *in*-privatif) pouvoir (suffixe -*ible* de capacité) être vaincu (radical *vinc*).

Le mot « spectateur » peut désigner l'homme assis devant sa télévision : trouvez un mot de la même famille.

Il y a **trois méthodes** pour trouver un mot de la même famille :
- ajouter au mot un préfixe ou un suffixe (*téléspectateur*) ;
- au contraire, les enlever pour parvenir au radical (*spectacle*) ;
- après avoir trouvé le radical, changer le préfixe ou le suffixe (*spectaculaire*).

Le sens des mots

À revoir
OK

20

● Choisir un mot plutôt qu'un autre, c'est définir ce que l'on veut dire mais aussi l'effet que l'on veut produire. Pour comprendre le sens d'un mot, il faut donc observer son contexte (ce que l'entoure) et les intentions de l'auteur.

1 MÉMORISER

a La polysémie

● Un mot a souvent **plusieurs sens** : on dit alors qu'il est **polysémique**.

Ex. : Ce colis est d'autant plus lourd qu'il fait lourd et chaud.
Il révise les tables de 8 et de 9 sur la table du salon.
Son corps affaibli a été examiné par le corps médical.

b Le sens propre et le sens figuré

● Le sens propre renvoie au premier sens du mot, souvent concret.

● Le ou les sens figurés sont plus imagés, plus abstraits, souvent issus de métaphores.

Ex. : la flambée de la cheminée (*propre*) / la flambée des prix (*figuré*)
la paralysie des jambes (*propre*) / la paralysie du trafic (*figuré*)
la racine du légume (*propre*) / la racine du mal (*figuré*)

Astuce : Utiliser l'adverbe « vraiment ». Pour le mot *racine*, si c'est vraiment une racine, c'est le sens propre du mot.

c La dénotation et les connotations

● Le sens principal d'un mot, donné par sa définition dans le dictionnaire, est sa **dénotation**.

Ex. : île (n.f.) : masse de terre entourée d'eau.

● Ce qu'un mot **évoque** ou **suggère** de manière subjective sont ses connotations.

Ex. : Le mot *ile* peut évoquer, selon les personnes et les textes :
– le voyage, l'exotisme, le dépaysement et les tropiques ;
– l'isolement et la solitude ;
– des œuvres littéraires classiques comme *Robinson Crusoé* ou *Le Comte de Monte-Cristo* ou des productions plus modernes (films, séries, etc.).

• La connotation d'un mot peut être **péjorative** (négative) ou **méliorative** (positive). Elle dépend du locuteur et de ses **références culturelles** (son pays, son époque, etc.).

Ex. : La couleur rouge peut connoter l'interdiction, la colère, le sang, la passion, le communisme (en Occident de nos jours), la malédiction (Égypte ancienne), le mariage (Inde moderne), etc.

L'essentiel

Un mot peut avoir un ou plusieurs sens, un sens propre et sens figuré, ainsi que des connotations (ce qu'il évoque).

2 APPLIQUER AU BREVET

Quel est ici le sens du mot « entassement ». Trouvez un synonyme de ce nom dans le texte.

France métropolitaine, 2017

Pour trouver le sens d'un mot, une des méthodes consiste à chercher des **mots de même famille** : ici, *entassés*, par exemple, qui rappelle l'idée d'un amas d'éléments. Pour le synonyme, il faut veiller à donner un mot de même classe grammaticale : *conglomérat*, *tas*, *pile* (noms communs).

« La ville gisait défaite, frappée de boues, d'inondations et d'étrangetés. » (P. Chamoiseau, *Une enfance créole*)

Comment comprenez-vous cette phrase ?

France métropolitaine, 2017

Pour répondre à cette consigne très courante, on peut s'appuyer sur les connotations des mots : les adjectifs *défaite* et *frappée* évoquent la guerre alors que, dans le texte, il s'agit des dévastations après le passage d'un cyclone. Il faut toujours comparer l'emploi du temps dans son contexte et son sens habituel : si cela ne « concorde » pas, c'est intentionnel et c'est à évoquer dans votre réponse.

« Et cette question de ma peine et plaines pleines de peine et de vent je la laisse en suspens ». (V. Rouzeau, *Va où*)

a. De quel verbe vient le terme « suspens » ?
b. Quel sens donnez-vous à l'expression « Je la laisse en suspens » ?

Antilles-Guyane, 2018

L'enchainement des questions aide très souvent à répondre : ici, *suspens* vient du verbe *suspendre*. « Suspendre une question », comme un manteau, ce serait la laisser dans l'air, dans le vide et donc sans réponse, en attente.

Synonymes, antonymes, homonymes, paronymes

- [ ] À revoir
- [ ] OK

21

1 MÉMORISER

a Les synonymes

- Deux mots sont synonymes quand :
– ils ont le même sens ou des sens très proches ;
– ils appartiennent à la **même classe** grammaticale.
Ex. : réfléchir / cogiter (verbes) ; goût / saveur (noms)

- Le choix d'un mot plutôt qu'un autre dépend :
– du **niveau de langue** utilisé ;
Ex. : bouffer (familier) / manger (courant) / se sustenter (soutenu)
– du **degré de précision** apporté ;
Ex. : manger (sens large) / déguster (plus précis)
– de la **connotation** donnée ;
Ex. : manger (neutre) / se goinfrer (péjoratif)
– des mots déjà utilisés (afin d'éviter les **répétitions** inélégantes).

b Les antonymes

- Deux mots sont antonymes quand :
– ils sont le contraire l'un de l'autre ;
– ils appartiennent à la **même classe** grammaticale.
Ex. : méchanceté / gentillesse (noms) ; agité / calme (adjectifs)

- On peut former un antonyme en ajoutant un **préfixe négatif** au mot.
Ex. : agréable ≠ **dés**agréable ; justice ≠ **in**justice ; entente ≠ **més**entente

- Ils permettent de créer l'**antithèse**, figure de style qui rapproche dans une phrase deux mots opposés afin de créer un contraste (voir fiche 23).
Ex. : « Es-tu si las de <u>vivre</u> ? // As-tu peur de <u>mourir</u> ? » (P. Corneille)

c Les homonymes

- Ce sont des mots de sens différent mais qui ont la même prononciation.

- On parle d'**homophones** quand ils ont seulement la même prononciation.
Ex. : vingt / vint / vin / vain ; un compte / un conte / un comte

- On parle d'**homographes** quand ils ont également la même orthographe.
Ex. : une voile / un voile ; la mousse / le mousse

d Les paronymes

- Ce sont des mots qui se ressemblent beaucoup par leur prononciation ou leur orthographe mais qui ont des sens différents.
- Ils sont souvent des sources de confusion.

Ex. : le sceptre du roi / le spectre de la lumière
des insectes infestent le pays / des microbes infectent la plaie
la tente de camping / la tonte du mouton / la teinte d'un tissu
un homme importun (gênant) / un moment opportun (parfait)

- Ils permettent, en poésie, de créer des **effets d'écho** mais également de construire des **paronomases**, figure de style qui consiste à rapprocher volontairement deux paronymes.

Ex. : « Je m'instruis mieux par fuite que par suite. » (M. de Montaigne)

L'essentiel

Deux synonymes ont le même sens, des antonymes sont des contraires, les homonymes se prononcent pareil, deux paronymes ont presque la même prononciation.

2 APPLIQUER AU BREVET

Donnez un synonyme de l'adjectif « étrange ».

France métropolitaine, 2018

Si la consigne demande un synonyme ou un antonyme, on doit veillez à donner un mot **de même classe grammaticale** mais aussi de même **niveau de langue** : ici, on peut citer les adjectifs *bizarre* ou *curieux*.

Dans l'expression « je marche sans répit », remplacez le mot « répit » par un mot de même nature qui ne change pas le sens de l'expression.

Il s'agit de trouver un synonyme grâce au contexte qui entoure le mot : je marche *sans repos*, *sans pause*. Prenez garde à ne pas proposer un verbe, ce qui changerait la classe grammaticale.

« Et cette question de ma peine et des plaines pleines de ma peine. » (V. Rouzeau, *Va où*)

Par quels procédés d'écriture cette émotion est-elle mise en valeur ?

Antilles, Guyane, 2018

Les procédés d'écriture peuvent relever d'effets sur les mots et les sonorités : ici, pour mettre son chagrin en valeur, la poétesse joue avec l'homophonie (*plaine*/*pleine*), la paronymie (*peine*/*plaine*/*peine*); sur la répétition (*peine*) ainsi que sur l'allitération du *-p* (voir fiche 23).

Le champ lexical

À revoir
OK

22

1 MÉMORISER

a Définition

- Un champ lexical est l'ensemble de mots et d'expressions qui se rapportent au même thème mais dont les natures grammaticales sont variées.

Ex. : « Je ne la voyais alors que de profil [...]. Jamais, je crois, je n'en avais vu de plus pur et de plus altier. Quant à ses yeux, je n'en pouvais juger, fixés qu'ils étaient sur la panthère. » (Barbey d'Aurevilly, *Les Diaboliques*.)

Ici, *voyais*, *vu*, *yeux* et *fixés* appartiennent au champ lexical du regard.

⚠ **Attention :** un mot peut appartenir à plusieurs champs lexicaux.

b Les intérêts du repérage

- Le repérage du champ lexical permet de dégager un des thèmes d'un texte.

Ex. : *Marée, bateau, vague, tempête, houle, tanguer, déferler* appartiennent au champ lexical de la **mer**. Ce sera le thème dominant du texte.

- Les champs lexicaux peuvent indiquer le genre littéraire du texte.

Ex. : *déportation, camps, Résistance, nazis, rafles* renvoient à un **roman historique** ou à une **autobiographie sur la Seconde Guerre mondiale**.

- Si un champ lexical est très développé ou s'il est présent alors qu'*a priori* le thème du texte ne s'y prête pas, c'est que l'auteur veut créer un effet ou une impression sur le lecteur.

- Le champ lexical peut définir la visée, l'intention du texte : des termes **péjoratifs** permettent une critique ; des termes **mélioratifs** mettent en valeur des qualités.

Ex. : « Ses yeux paraissaient couverts d'une taie transparente ; vous eussiez dit de la nacre sale dont les reflets bleuâtres chatoyaient à la lueur des bougies. Le visage pâle, livide et en lame de couteau [...] semblait mort. » (H. de Balzac, *Le Colonel Chabert*.)

Dans cet extrait, le champ lexical de la **couleur** et de la **lumière** (*reflets bleuâtres, lueur, pâle, livide*) est souvent constitué de termes **péjoratifs**, et certains de ces termes peuvent appartenir au champ lexical de la **mort** (*pâle, livide, mort*). Le portrait du personnage donne une impression morbide : on veut le faire ressembler à un cadavre.

- Ce repérage permet enfin de comprendre le sens d'un mot inconnu grâce à ce qui l'entoure.

Ex. : « Il proférait des menaces obscures, s'écriant d'une voix sépulcrale, ponctuée de rires vraiment démoniaques : "Garou ! Garou !" » (M. Aymé, *Le Passe-Muraille*)

Ici *obscures*, *démoniaques*, *garou* permettent de comprendre *sépulcrale*, qui fait référence à une voix un peu effrayante !

L'essentiel

Tous les termes qui se rapportent au même thème (champ lexical) permettent d'analyser un texte et les intentions d'un auteur.

2 APPLIQUER AU BREVET

Relevez trois éléments qui caractérisent ce « mode de vie disparu » dont parle le narrateur.

Amérique du Nord, 2018

De nombreuses questions de compréhension sont en fait des recherches de champ lexical : ici, ce seront clairement des éléments qui parlent soit du passé, soit d'un mode de vie rural (*choux*, *poules*, *maison de chaume*, *ruisseau*, *tas de fumier*.)

Relevez six termes permettant de comprendre que le récit se déroule en temps de guerre.

Polynésie française, 2019

Cette consigne demande implicitement de rechercher le champ lexical de la guerre. On a parfois la consigne inverse, plus complexe : on demande à trouver un champ lexical dominant dans un passage, qu'il faudra nommer précisément.

Rédaction : Rédigez le journal de bord de Villegagnon [un explorateur du XVIe siècle] : il raconte l'arrivée de son équipage sur les côtes brésiliennes et leurs premières explorations dans ce nouveau monde. Vous insisterez sur les réactions et les émotions des personnages face à cette terre exotique.

Asie, 2019

Les sujets d'imagination indiquent souvent une partie des champs lexicaux à utiliser : ici, les émotions et l'exotisme. Au brouillon, avant même de rédiger, il faut préparer des listes de termes, comme une **banque de mots** dans laquelle on puisera pour construire son récit : ici, les champs lexicaux de la navigation, de la mer, de la forêt, du danger, de la surprise, de la peur, des découvertes.

Les figures de style

À revoir
OK

23

● **Une figure de style est un procédé qui modifie le sens habituel d'un mot ou la structure d'une phrase. Elle cherche à créer un effet, émouvoir, frapper, insister, etc.**

1 MÉMORISER

a Figures de ressemblance

● La comparaison rapproche deux éléments grâce à un outil de comparaison (*comme, tel que, pareil à, semblable à*...).
Ex. : « Le fleuve est pareil à ma peine. » (G. Apollinaire)

● La métaphore rapproche deux éléments sans outil de comparaison.
Ex. : le manteau de neige, les perles de rosée, un tapis de fleurs...

● La personnification attribue une pensée ou un comportement humain à un objet, un lieu, un phénomène.
Ex. : « Le mistral était en colère. » (A. Daudet)

● L'allégorie représente une idée abstraite sous forme humaine.
Ex. : « Souviens-toi que le Temps est un joueur avide. » (Ch. Baudelaire)

● La métonymie remplace un terme par un autre, logiquement associé : le concret par l'abstrait, le contenu par le contenant, la partie pour le tout, etc.
Ex. : recevoir les lauriers (= la gloire), finir son verre (= sa boisson)

● La périphrase remplace un terme par une expression de même sens.
Ex. : le plancher des vaches (= la Terre), le Toit du monde (= le Tibet)

b Figures d'opposition

● L'antithèse oppose dans une phrase deux mots ou deux notions contraires.
Ex. : « Paris est tout petit, c'est là sa vraie grandeur. » (J. Prévert)

● L'oxymore associe dans la même expression deux mots de sens opposé.
Ex. : « Cette obscure clarté qui tombe des étoiles. » (P. Corneille)

● Le chiasme inverse symétriquement l'ordre de deux expressions (schéma AB-BA).
Ex : « Il faut manger pour vivre et non vivre pour manger. » (Molière)

c Figures d'exagération

● L'hyperbole consiste à exagérer la réalité pour frapper l'imagination.
Ex. : Je suis mort ! (= je suis fatigué)

● La gradation est une énumération croissante ou décroissante.
Ex. : « Je me meurs, je suis mort, je suis enterré ! » (Molière)

d Figures d'atténuation

- L'euphémisme atténue l'aspect désagréable d'une idée.

Ex. : « Hippolyte n'est plus. » (J. Racine) = Hippolyte est mort.

- La litote atténue une idée pour mieux la renforcer.

Ex. : « Va, je ne te hais point. » (P. Corneille) = je t'aime.

e Figures de répétition

- L'anaphore est la répétition d'un même mot à la même place.

Ex. : « Marcher à jeun, marcher vaincu, marcher malade. » (V. Hugo)

- L'allitération est la répétition d'une consonne (p, b, n, v, ch, g...) dans une phrase ou un vers.

Ex. : « Pour qui **s**ont **c**es **s**erpents qui **s**ifflent **s**ur vos têtes ? » (J. Racine)

- L'assonance est la répétition d'une voyelle (a, e, i, o, u, in, on, ien...) dans une phrase ou un vers.

Ex. : « Tout m'affl**i**ge et me nu**i**t et consp**i**re à me nu**i**re. » (J. Racine)

L'essentiel

Pour retrouver une figure de style, repérez l'écart par rapport à la norme, c'est-à-dire la différence avec le langage habituel.

2 APPLIQUER AU BREVET

« La question roulait en torrent dans ma tête. » (J. d'Ormesson)

Identifiez et expliquez l'image que l'auteur emploie dans cette phrase.

Amérique du Sud, 2018

La majorité des sujets comportent une question sur les figures de style de manière claire (« identifiez la figure/l'image ») ou plus détournée (« comment comprenez-vous la phrase... ? »). Ici, c'est une métaphore qui compare le questionnement à un torrent dont le courant emporterait toute autre pensée.

« Le fourrage passait l'hiver [...] dans cet immense espace obscur où il formait des monticules, des tours et des châteaux parfumés prêts pour accueillir nos jeux. » (B. Duteurtre, *Livre pour adultes*)

Quelle est la figure de style utilisée dans le passage en italique ? Quel est l'effet produit ?

Amérique du Nord, 2018

Les questions sur les figures sont souvent suivies d'une question sur l'**effet** : émotion provoquée, impact sur le lecteur, but de l'auteur. Ici, la métaphore des tas de foin comme bâtiments de contes de fées peut avoir deux effets : les rapprocher du monde du jeu, du rêve, de l'imaginaire ou, tout simplement de mettre en avant la grande hauteur des monticules.

Le vocabulaire de l'argumentation et du raisonnement

À revoir
OK

24

● **Tout texte argumentatif doit être construit. Ses divers éléments peuvent être annoncés à l'aide de connecteurs et de locutions verbales.**

1 MÉMORISER

a Commencer ou terminer un raisonnement

● Pour introduire un propos, on emploie les **connecteurs** : *en premier lieu, (tout) d'abord, pour commencer, débutons par, au préalable, avant tout...*

● Pour conclure, on utilise : *enfin, finalement, en définitive, en guise de conclusion, pour terminer, pour conclure, en un mot, en somme...*

Ex. : C'est en définitive tout ce que je crois.

b Ajouter une idée

● Pour ajouter une idée ou un évènement, on utilise :
– des **connecteurs** : *puis, ensuite, par ailleurs, d'autre part, de surcroît, de plus, en outre, en second lieu, mieux encore, non seulement... mais encore, d'ailleurs, de même, du reste, même* ;
– des **locutions verbales** : *qui plus est, pour continuer, poursuivons par, il ne faut pas oublier, ajoutons également...*

Ex. : Cette souris est ergonomique. De surcroît, son coût est modéré.

c Introduire un exemple

● Pour introduire un exemple qui va illustrer le propos que l'on vient de tenir, on emploie :

– des **connecteurs** : *ainsi, par exemple, notamment, entre autres, pour preuve, en effet...*

– des **locutions verbales** : *prenons le cas de, tel est le cas de, on peut citer, citons, nous pouvons mentionner, comme le confirme / démontre / montre, la preuve en est, ainsi que l'indique / en témoigne / le rappelle...*

Ex. : De nombreuses espèces de prédateurs sont actuellement en danger. On peut citer le cas des tigres, des lions ou des requins.

d Effectuer une transition entre deux idées

- On peut établir un parallèle entre deux idées grâce :

– aux **connecteurs** : *de même que, à l'instar de, à l'image de, de manière identique / similaire* ;

– aux **locutions verbales** : *il en va de même, il existe des ressemblances avec, on peut constater une similitude entre...*

Ex. : Le rugby, à l'instar du football, est devenu professionnel.

- On peut aussi créer un contraste entre deux faits avec : *au contraire, en revanche, à l'opposé, toutefois, cependant, pourtant.*

Ex. : Le Brésil connait une forte croissance économique. En revanche, les inégalités sociales y restent très fortes.

- Enfin, on peut changer de sujet avec : *par ailleurs, sur un autre plan, dans un autre domaine, en ce qui concerne, pour ce qui est de...*

Ex. : J'ignore ce qu'il est devenu. Pour ce qui est de sa sœur, je sais qu'elle est avocate.

L'essentiel

Pour analyser une argumentation et un raisonnement, on doit avant tout observer les connecteurs logiques.

2 APPLIQUER AU BREVET

Quels sont les sentiments successifs ressentis par l'enfant ?

Centres étrangers, 2019

Les questions d'interprétation qui demandent à repérer une succession d'éléments dans le texte sont très courantes. On peut appuyer la réponse à ce genre de consignes sur les **connecteurs logiques** indiquant la succession : *puis, ensuite, enfin*, etc.

Rédaction : Pourquoi est-il important d'avoir des amis ? Vous répondrez à cette question en développant plusieurs arguments.

Sujet zéro, 2017

Les sujets de réflexion qui commencent par « Pourquoi ? » sont plus simples : on doit fournir une série d'arguments, séparés en paragraphes avec un connecteur introducteur et un exemple bien introduit. La conclusion sera également annoncée clairement par un autre connecteur (*en définitive*, par exemple).

Au brouillon, pour structurer son propos, on doit donc commencer à chercher puis à placer les connecteurs, avant de « remplir » cette construction du contenu qui convient.

LEXIQUE

1 Comment nomme-t-on la création d'un nom par ajout d'un préfixe ou suffixe ?

- ▢ a. la dérivation
- ▢ b. la composition
- ▢ c. l'emprunt

2 Quelle est la seule expression au sens propre ?

- ▢ a. Elle a repris du poil de la bête.
- ▢ b. Il a le cœur sur la main.
- ▢ c. Ils subissent une grosse tempête de neige.

3 Quel est le mot à connotation péjorative dans cette citation : « Je lorgnais le régime de fruits mûrs accrochés à la poutre. Des petites bananes, de la taille d'un pouce. » (H. Lopes)

- ▢ a. lorgner
- ▢ b. fruits mûrs
- ▢ c. pouce

4 Que sont les mots *empreinte* et *emprunte* l'un pour l'autre ?

- ▢ a. des antonymes
- ▢ b. des homonymes
- ▢ c. des paronymes

5 Quel mot pourrait compléter ce champ lexical : *guerre, conflit, combattre...* ?

- ▢ a. paix
- ▢ b. guerroyer
- ▢ c. guère

6 Quelle citation contient une personnification ?

- ▢ a. « Il y a des volcans qui vivent en meutes et patrouillent » (A. Césaire)
- ▢ b. « J'enracine l'espérance / Dans le terreau du cœur » (A. Chédid)
- ▢ c. « Et tu m'as souri / Plage éclose en galets blancs » (L.S. Senghor)

7 Quelle citation ne contient pas d'antithèse ?

- ▢ a. « Créer c'est résister. Résister c'est créer. » (S. Hessel)
- ▢ b. « Je vis, je meurs ; je me brûle et me noie. » (L. Labé)
- ▢ c. « Être le jour qui monte et l'ombre qui descend. (A. de Noailles)

8 Que peut marquer le connecteur *en revanche* ?

- ▢ a. la fin d'un raisonnement
- ▢ b. un contraste entre deux faits
- ▢ c. l'ajout d'un exemple

Corrigés au verso

Corrigés

1 Comment nomme-t-on la création d'un nom par ajout d'un préfixe ou suffixe ?

> **a.** *la dérivation* : c'est le dispositif le plus courant. L'emprunt, lui, se fait dans une langue étrangère (*parking*). La composition accole deux mots ou racines (*pèse-personne*).

Voir **Fiche 19**

2 Quelle est la seule expression au sens propre ?

> **c.** *Ils subissent une grosse tempête de neige.* Les deux autres ont un sens imagé (*du poil de la bête* = des forces ; *le cœur sur la main* = générosité).

Voir **Fiche 20**

3 Quel est le mot à connotation péjorative dans cette citation : « Je lorgnais le régime de fruits mûrs accrochés à la poutre. Des petites bananes, de la taille d'un pouce. » (H. Lopes)

> **a.** *lorgner* : ce verbe a une connotation négative (péjorative), comme un chat qui lorgnerait une souris, du coin de l'œil.

Voir **Fiche 20**

4 Que sont les mots *empreinte* et *emprunte* l'un pour l'autre ?

> **c.** *des paronymes* : ce sont des mots aux sonorités proches souvent confondus. Les antonymes sont des mots contraires.

Voir **Fiche 21**

5 Quel mot pourrait compléter ce champ lexical : *guerre, conflit, combattre...* ?

> **b.** *guerroyer* : *guère* serait un homonyme et *paix* appartiendrait au champ lexical de l'apaisement, et non à celui de la guerre !

Voir **Fiche 22**

6 Quelle citation contient une personnification ?

> **a.** « *Il y a des volcans qui vivent en meutes et patrouillent* » : le poète donne un caractère animé et animal à une réalité géographique. Les phrases b et c sont des métaphores.

Voir **Fiche 23**

7 Quelle citation ne contient pas d'antithèse ?

> **a.** *« Créer c'est résister. Résister c'est créer. »* : c'est un chiasme. Les deux antithèses rapprochent des mots en principe contraires (*vis/meurs ; brûle/noie, jour/ombre, monte/descend*).

Voir **Fiche 23**

8 Que peut marquer le connecteur *en revanche* ?

> **b.** *un contraste entre deux faits* : ce connecteur marque une opposition et permet de ne pas répéter *mais*, notamment. C'est un synonyme de *cependant, au contraire*, etc.

Voir **Fiche 24**

La nature des mots

À revoir
OK

25

On appelle classes grammaticales (ou natures) les catégories dans lesquelles on range les mots. Les mots qui appartiennent à une même classe ont des points communs. Il y a dix classes grammaticales.

1 MÉMORISER

On distingue :
– les mots variables, qui peuvent être modifiés par le genre, le nombre, etc.
– les mots invariables, qui s'écrivent de la même façon, quelle que soit leur place.

a Les mots variables

- Les noms désignent un être (*enfant*, *tigre*), un objet (*table*, *trousse*), une action (*arrivée*, *oubli*), une notion abstraite (*beauté*, *liberté*). Ils peuvent être **communs** (*poisson*, *pompier*) ou **propres** (*Toulouse*, *Rodney*).

- Les pronoms remplacent un nom ou un groupe (voir fiche 26).
Ex. : J'ai ma serviette mais Justine a perdu la sienne. Peux-tu lui en prêter une ?

- Les déterminants précèdent un nom et identifient son genre et son nombre (voir fiche 27).
Ex. : le lion, ma chaise, plusieurs personnes, vingt tables

- Les verbes sont les noyaux d'une phrase. Ils varient selon la personne et le temps.
Ex. : Je mange des frites, vous en mangerez demain.

- Les adjectifs expriment une qualité ou une caractéristique du nom avec lequel ils s'accordent (voir fiche 29).
Ex. : un cheval noir, des os fracturés, une jolie fille

b Les mots invariables

- Les prépositions introduisent un mot ou un groupe de mots.
Ex. : à Tokyo, vers elle, dans l'espace, pour oublier, avec Clémentine

- Les conjonctions de coordination (*mais*, *ou*, *et*, *donc*, *or*, *ni*, *car*) relient deux mots ou deux propositions.
Ex. : Prends une torche ou une bougie et suis-moi.

- Les conjonctions de subordination (*que*, *quand*, *lorsque*, *depuis que*, *parce que*, *si*, *comme*, *tellement... que*, etc.) introduisent des propositions subordonnées.
Ex. : Prévenez-moi quand vous aurez terminé.

Astuce : La plupart des conjonctions de subordination comportent le mot *que*. Mais pas toutes, attention !

- Les adverbes modifient le sens d'un mot ou d'une phrase. Ils sont souvent cumulables et peuvent être :

– d'intensité : *beaucoup, tellement, si, assez, très...*
– de lieu : *ici, là, dessus, dedans, loin...*
– de temps : *aujourd'hui, hier, souvent, jadis...*
– de manière : *bien, mal, vite, doucement, gentiment...*
– de modalisation (opinion, sentiment) : *bien sûr, volontiers...*
– de négation : ne...pas, ne...jamais...

Ex. : On est tellement heureux ici qu'on vient très souvent.

- Les interjections (*Oh ! Ouf ! Aïe ! Eh !* etc.) expriment vivement une émotion, un sentiment, une sensation. Les onomatopées imitent un bruit (*plouf, miaou, atchoum*, etc.).

Ex. : Aïe ! Quel maladroit je fais ! J'ai hélas cassé un verre.

L'essentiel

La classe grammaticale est l'identité d'un mot, qui peut occuper plusieurs rôles, plusieurs fonctions différentes selon la phrase.

⚠ **Attention :** quelle que soit la phrase, la nature d'un mot ne change jamais. C'est la différence avec la fonction. Dans *Le chien boit de l'eau*, le nom *chien* fait partie du sujet mais dans *J'ai dressé mon chien*, il fait partie du COD. Un mot de même nature peut occuper plusieurs fonctions.

2 APPLIQUER AU BREVET

« encerclés par l'immensité de la mer » : **à quelle classe grammaticale le mot « encerclés » appartient-il ?**

Polynésie française, 2019

La nature d'un mot ne change jamais, c'est le « rayon » dans lequel on le range. Mais il peut avoir plusieurs **fonctions**, c'est-à-dire, comme un acteur, plusieurs **rôles** selon la phrase. Ici, est un adjectif qualificatif *encerclé*.

« Je ne lui parlais plus de mes études. [...] Il se fâchait quand je me plaignais du travail et critiquais les cours. » (A. Ernaux, *La Place*.)

Relevez les termes qui montrent la présence de la narratrice. Quelles sont leurs catégories grammaticales ?

Les catégories grammaticales qui désignent celui ou celle qui parle ou écrit sont : pronom personnel sujet (*Je*), pronom personnel complément (*me*), déterminant possessif (*mes*).

Les pronoms

À revoir
OK

26

Les pronoms sont des substituts qui évitent les répétitions en remplaçant un mot, un groupe de mots ou une proposition déjà cités.

1 MÉMORISER

- Ils désignent les **éléments de la situation d'énonciation**, c'est-à-dire les personnes qui communiquent (*je, tu, nous, vous*) et les personnes et les objets que l'on voit et dont on parle (*il, elle, ça, ceci, celle-là*...).

Ex. : Il viendra, je **le** sais. (le = qu'il viendra)

a Les pronoms personnels

	sujet	COD	COI / COS	réfléchi	accentué (ou tonique)
1re pers. sing.	je	me	me	me	moi
2e pers. sing.	tu	te	te	te	toi
3e pers. sing.	il / elle / on (indéfini)	le/la	lui	se	lui / elle / soi (-même)
1re pers. plu.	nous	nous	nous	nous	nous
2e pers. plu.	vous	vous	vous	vous	vous
3e pers. plu.	ils / elles	les	leur	se	eux / elles (-mêmes)
pronoms adverbiaux			y, en		

b Les pronoms démonstratifs

	singulier	pluriel
formes simples	celui, celle, ce, c'	ceux, celles
formes composées	celui-ci, celui-là, celle-ci, celle-là, ceci, cela, ça	ceux-ci, ceux-là, celles-ci, celles-là

c Les pronoms interrogatifs

formes simples	qui (qui est-ce qui / que), que (qu'est-ce qui / que), quoi
formes composées	lequel, laquelle, lesquels, lesquelles, auquel, duquel...

d Les pronoms relatifs

- Le pronom est « relatif » car il établit une **relation** entre une proposition subordonnée et une proposition principale. Il les relie. Le nom qu'il remplace est son **antécédent**.

Ex. : Le livre que je lis est intéressant. (que = le livre)

formes simples	qui, que, quoi, dont, où
formes composées	lequel, laquelle, lesquels, lesquelles, auquel, duquel…

e Les pronoms possessifs

	moi	toi	lui, elle	nous	vous	eux, elles
singulier	le mien, la mienne	le tien, la tienne	le sien, la sienne	le nôtre, la nôtre	le vôtre, la vôtre	le leur, la leur
pluriel	les miens, les miennes	les tiens, les tiennes	les siens, les siennes	les nôtres	les vôtres	les leurs

⚠ **Attention :** ne confondez pas le **déterminant** *notre* et le **pronom** *le nôtre*.

f Les pronoms indéfinis

- **pluralité :** plusieurs, certains, la plupart, quelques-uns…
- **totalité :** tous, tout, chacun…
- **singularité :** quelqu'un, quelque chose, quiconque, qui que ce soit…
- **nullité :** personne, rien, nul, aucun…
- **identité :** le même, l'autre, autre chose…

L'essentiel

Un pronom renvoie toujours à un autre élément du texte ou de la situation, avec lequel il s'accorde.

2 APPLIQUER AU BREVET

« Là où on nous autorise à aller », « On peut sortir d'ici et rejoindre la mer » (J.-F. Rufin, *Globalia*)

Quelle est la classe grammaticale du mot « on » ? Identifiez ce que désigne chacun des mots soulignés.

Centres étrangers, 2019

Le pronom personnel sujet *on* peut désigner trois choses : des **personnes identifiées**, comme un équivalent de « nous » (2e phrase), des **personnes non identifiées** (ici, le pouvoir, dans la 1re phrase), **l'humanité** toute entière dans des phrases d'ordre général : « Quand on mange trop, on a mal au ventre ».

Les déterminants

- À revoir
- OK

27

● **Le déterminant est placé avant le nom dans le GN et contribue à l'identifier.**
Ex. : ton vœu, ce vœu, certains vœux, le vœu, un vœu, quels vœux !

1 MÉMORISER

a Les déterminants possessifs

● Ils indiquent la possession : *mon, ton, son / ma, ta, sa / mes, tes, ses / notre, votre, leur / nos, vos, leurs.*

Astuce : Faut-il écrire **leur** ou **leurs** ?
Leur : plusieurs personnes pour **un seul** objet (*le jeu de mes frères →* ***leur*** *jeu*).
Leurs : plusieurs personnes et **plusieurs** objets (*les jeux de mes frères →* ***leurs*** *jeux*).

b Les déterminants démonstratifs

● Ils indiquent ce que l'on montre, ce que l'on voit ou **ce dont on a déjà parlé** : *ce, cet, cette, ces* et les formes composées : *ce livre-ci, ce jeu-là.*

c Les déterminants numéraux

● Ils indiquent le nombre : *un, deux, trois...*
À l'exception de *un(e), vingt et cent,* ils sont invariables (voir fiche 9).

d Les déterminants indéfinis

● Ils indiquent la quantité sans précision : *tout, tous, certain, chaque, plusieurs, aucun, quelques, certains...*

⚠ **Attention :** *tout* peut être déterminant indéfini, pronom ou adverbe.

e Les articles

● Ils indiquent un certain degré de précision, plus ou moins grand :
– articles **définis** : *le, la, les* ;
– articles **définis contractés** : *au (à + le), aux (à + les), du (de + le), des (de + les)*
– articles **indéfinis** : *un, une, des* ;
– articles **partitifs** : *du, de la, de l',* que l'on peut remplacer par *un peu de.*

Pour différencier *le/la* pronom et *le/la* article, on observe ce qu'il y a devant. Les articles se placent devant un nom (*la* ***mer***), les pronoms devant un verbe (*la* ***vois****-tu ?*).

Astuces : *Je vois la mer. La vois-tu ?*

f Les déterminants interrogatifs et exclamatifs

- Ils indiquent l'**interrogation** et l'**exclamation** sur un mot : *quel*, *quelle*, *quels*, *quelles* et la forme invariable *combien de*.

L'essentiel

Un pronom renvoie toujours à un autre élément du texte ou de la situation, avec lequel il s'accorde.

2 APPLIQUER AU BREVET

« Il était gras, en effet, trop gras pour ses trente ans. Il débordait dans sa chemise, dans son tablier, dans ses linges blancs qui l'emmaillotaient comme un énorme poupon. » (É. Zola, *Le Ventre de Paris*.)

Transformez la phrase en remplaçant la troisième personne du singulier par la troisième personne du pluriel.

En réécriture, il ne faut pas oublier les déterminants : *Ils étaient gras, en effet, trop gras pour* ***leurs*** *trente ans. Ils débordaient dans* ***leurs*** *chemises, dans* ***leurs*** *tabliers, dans* ***leurs*** *linges blancs qui les emmaillotaient comme* ***d'****énormes poupons.*

« emportant tout sur leur passage » : **donnez la classe grammaticale et la fonction du mot « tout ».**

Polynésie française, 2017

C'est une question courante sur la nature de *tout*. Dans cette phrase, il évoque tout ce qui a été emporté et ne précède pas un nom : il n'est pas donc **pas déterminant** mais **pronom indéfini**. Sa fonction est **COD** du verbe *emporter*. Notez que *tout* peut également être un **adverbe** devant les adjectifs (*il est tout joyeux* = *tout à fait joyeux*).

« Des clients ont demandé du pain » ?

Quelle est la classe grammaticale de « des » et « du » dans cette phrase ?

Il ne faut pas confondre l'article indéfini *des* et l'article défini contracté *des* (*de* + *les*). Ici, *Des* est un **article indéfini** (on ne le remplace pas par *de les*). De même, il ne faut pas confondre l'article défini contracté *du* (*de* + *le*) et l'article partitif *du* (*un peu de*). Dans la phrase, *du* est un **article partitif** (on peut le remplacer par *un peu de pain*).

Le sujet et son attribut

☐ À revoir
☐ OK

28

● **Le sujet est, avec le verbe, l'élément indispensable d'une phrase. Il n'est pas effaçable et commande l'accord du verbe. À la voix active, le sujet effectue l'action exprimée par le verbe.**

1 MÉMORISER

a Le sujet

● La place du sujet
Il est normalement placé **avant le verbe** mais il se places après :
– dans une phrase **interrogative** ;
Ex. : Es-tu heureux ?
– dans certaines propositions **subordonnées** ;
Ex. : Le bus que conduisait Mamie était jaune.
– après une parole rapportée, dans les **incises**.
Ex. : Dehors ! cria-t-il.

> **Astuce :** On retrouve le sujet grâce à la locution « C'est... qui » ou en répondant à la question « Qui est-ce qui ? / Qu'est-ce qui ? ».

● La nature du sujet
Généralement, c'est un nom propre, un GN ou un pronom.
Ex. : La capitale de l'Argentine est Buenos Aires.
Plus rarement, c'est un groupe infinitif ou une subordonnée.
Ex. : Jouer à la console te met en retard. Qui se ressemble s'assemble.

⚠ **Attention :** le mode impératif ne comporte pas de sujet (*Ouvre la porte !*).

b L'attribut du sujet

● Placé normalement **après le verbe**, il désigne un **état** un **propriété** attribuée au sujet et n'est pas supprimable.
Ex. : Clémentine est intrépide, Victor semble plus calme.

● Il ne complète que *être* et les verbes attributifs (*paraitre, sembler, devenir, demeurer, rester, avoir l'air, passer pour...*), ainsi que d'autres verbes comme *s'appeler, naître, vivre* (*heureux*), *revenir* (*content*), *tomber* (*amoureux*).

> **Astuce :** Pour savoir si un verbe est attributif, on le remplace par le signe = :
> *Cléa revient heureuse* > *Cléa = heureuse* > *revient* est attributif ici.
> *Cléa revient de la piscine* > *Cléa ≠ de la piscine* > *revient* n'est pas attributif.

● Un attribut s'accorde en genre et en nombre avec le sujet.
Ex. : Il est content. Elle est contente. Ils sont contents. Elles sont contentes.

⚠ **Attention :** dans la phrase *Les feuilles ont été enlevées*, le verbe n'est pas *avoir* mais *être*, conjugué au passé composé : il faut donc accorder l'attribut (*enlev**ées***) et *été*, invariable, ne prend jamais de -s.

● La nature d'un attribut du sujet peut être :
– adjectif : Inès est combattive.
– nom ou GN : Inès est une fille désagréable.
– adverbe : Inès est ainsi / pas mal / mieux.
– pronom : C'est elle.
– proposition : Inès n'est pas qui je croyais.
– infinitif : Partir, c'est mourir un peu.

L'essentiel

N'oubliez pas que seuls les verbes attributifs (*être*, *paraitre*, etc.) sont suivis d'un attribut, qui indique une caractéristique du sujet.

2 APPLIQUER AU BREVET

« Qui peint la nuit a deux visages » (L. Aragon).

À quelle classe grammaticale appartient « qui » ? Quelle est sa fonction dans la phrase ?

Sujet zéro, 2017

Qui est un **pronom relatif**. Il est ici le **sujet** de la phrase comme c'est souvent le cas dans les **dictons** : « Qui va à la chasse perd sa place. / Qui vole un œuf vole un bœuf.»

« J'ai été si malheureuse... si malheureuse ! Maintenant que je suis tranquille avec lui, on me l'enlève... Qu'est-ce que je deviendrai... toute seule... à présent ?... » (G. de Maupassant, *Une vie.*)

Réécrivez ces phrases en remplaçant le pronom « je » par « nous ».

En réécriture, il est courant de demander de tels changements. Si le sujet change, l'attribut doit alors **s'accorder** avec lui : *Nous avons été si malheureuses... si malheureuses ! Maintenant que nous sommes tranquilles avec lui, on nous l'enlève... Qu'est-ce que nous deviendrons... toutes seules... à présent ?...*

Dictée : « Ce n'étaient même plus des gouttes qui tombaient, mais de grosses masses d'eau. » (F. Librini, *À plein tube !*)

Cette phrase de dictée présente deux difficultés d'accord liées au sujet :
– dans l'expression impersonnelle *c'est / ce sont, c'était / c'étaient*, l'accord se fait avec le **sujet réel**, placé après le verbe (ici, *gouttes*) ;
– en outre, il ne faut pas oublier d'accorder le verbe des **propositions relatives** avec **l'antécédent** (*tombaient*).

L'adjectif et ses degrés

À revoir
OK

29

L'adjectif apporte des informations complémentaires sur les caractéristiques de l'être ou de la chose désignés. Il dépend d'un nom ou d'un pronom et s'accorde avec lui en genre et en nombre.

1 MÉMORISER

a Les classe des adjectifs

- L'adjectif est une classe de mots **variables**. Peuvent aussi être utilisés comme adjectifs :

– un **participe présent** (des personnes ***charmantes***, des livres ***intéressants***)

– un **participe passé** (un courriel bien ***rédigé***, une classe ***épuisée***)

- On nomme **groupe adjectival** tout adjectif accompagné d'un **adverbe** : *très compétente / absolument compétente / compétente à tous égards.*

b Les degrés de l'adjectif

- Indiquer le degré, c'est montrer à quel point un être ou une chose possède la caractéristique indiquée par l'adjectif.

Ex. : Le « degré de calme » d'une rue : une rue calme, une rue très calme, une rue plus calme que l'autre, la rue la plus calme...

- Le comparatif exprime un degré défini en fonction d'un autre élément :

– comparatif **de supériorité** indiqué par *plus... que* ;
Ex. : Ma rue est plus calme que la tienne.

– comparatif **d'infériorité** indiqué par *moins... que* ;
Ex. : Ma rue est moins calme que la tienne.

– comparatif **d'égalité** indiqué par *aussi... que.*
Ex. : Ma rue est aussi calme que la tienne.
Dans ces trois exemples, *la tienne* est le **complément du comparatif**.

- Le superlatif relatif exprime le degré le plus élevé ou le plus bas dans un groupe d'éléments donnés :

– superlatif **de supériorité**, indiqué par *le plus / la plus* ;
Ex. : Ma rue est la plus calme de la ville.

– superlatif **d'infériorité**, indiqué par *le moins / la moins.*
Ex. : Ma rue est la moins calme de la ville.

- Le superlatif absolu exprime un degré élevé sans comparaison, indiqué par *très* et d'autres adverbes placés devant l'adjectif.

Ex. : Ma rue est très / totalement / parfaitement / vraiment calme.

⚠ **Attention :** tous les adjectifs ne peuvent pas connaître des degrés : **une élection très présidentielle*, **un arrêté vraiment préfectoral* ne se disent pas.

L'essentiel

Ne confondez pas degré et sens ; le sens est ce que veut dire l'adjectif, le degré est en quelque sorte son intensité et une manière de comparer le nom qu'il qualifie à d'autres éléments.

2 APPLIQUER AU BREVET

« Le très viril portefeuille » et « le très féminin porte-monnaie. »

Quel est le degré des adjectifs dans le texte ?

Il ne faut jamais répondre « degré haut / bas » ou parler du **sens**. On répondra : « le degré utilisé ici est le superlatif absolu » ou « l'adjectif est utilisé au superlatif absolu ». On peut **justifier** sa réponse de cette manière : « comme l'indique la présence de l'adverbe d'intensité *très* ».

« Un très beau foulard rouge. »

Quels sont le degré et le type de l'adjectif « beau » ?

La réponse doit être justifiée et formulée ainsi : « Cet adjectif est utilisé au superlatif absolu comme l'indique l'adverbe *très*. C'est un adjectif qualificatif évaluatif car il procède d'un **jugement esthétique** sur l'objet. »

Quelles sont les caractéristiques attribuées aux bois dans le troisième paragraphe ?

Pondichéry, 2018

Les consignes sur les « caractéristiques » ou la **description** d'un lieu ou d'un personnage amènent à s'appuyer sur les adjectifs. Il en sera de même sur les questions sur les émotions des personnages, où les adjectifs seront forcément nombreux (*angoissée*, *émue*, *émerveillée*, etc.).

Rédaction : Évoquez un lieu de votre enfance qui a représenté pour vous un espace de jeux et de découvertes.

Pondichéry, 2018

Pour que le lecteur s'imagine mieux un lieu décrit dans un sujet d'imagination, les **adjectifs** sont indispensables. Ils aident à la **visualisation** d'un paysage, notamment.

Les expansions du nom

- À revoir
- OK

30

Les expansions sont les éléments rattachés à un nom ou à un pronom. Elles forment avec lui le groupe nominal (GN). Elles caractérisent un nom (lui donnent des caractéristiques, des informations supplémentaires).
Ex. : une bague en argent > déterminant + nom + expansion = GN

1 MÉMORISER

a L'épithète

- Cette fonction relie l'expansion au nom **directement**, sans préposition.

- Elle peut être occupée par :
– un **adjectif** : une directrice remarquable ;
– un **nom ou un GN** : une solution clé-en-main, une bague fantaisie ;
– une **subordonnée relative** (voir fiche 36) : les élèves qui ont mémorisé la leçon ont réussi l'épreuve.

- L'épithète peut être accompagnée d'un **adverbe**, que l'on place entre elle et le nom qu'elle complète. **Ex. :** un soupir vraiment / réellement / très soulagé.

Astuce : Pour les repérer, ciblez un nom, puis observez les mots qui l'entourent et le complètent.

b Le complément de nom

- Cette fonction est principalement occupée par un **groupe prépositionnel** introduit par *de*, *à*, *en* :
– **GNP** (GN prépositionnel) : une bague en or, la bague de Léo ;
– **groupe adverbial** : l'incident d'hier ;
– **groupe infinitif** : un bijou à réparer, l'envie d'aimer.

⚠ **Attention :** avec *de* et *à*, ne confondez pas complément de nom et COI :
– le COI suit un **verbe** : *Je **profite** de la plage* ;
– le complément de nom suit un **nom** : *Le **sable** de la plage est chaud.*

c L'apposition

- Cette fonction apporte une autre **information** au GN. Elle est séparée du nom ou du pronom par des **virgules**.

- Elle peut être occupée par :
– un **adjectif** : la gagnante, généreuse, a reversé son prix.
– un **nom** ou un **GN** : la gagnante, femme généreuse, a reversé son prix.
– une **subordonnée relative** (voir fiche 36) : la gagnante, qui est une femme généreuse, a reversé son prix.

L'essentiel

Ne confondez pas la nature d'une expansion (ex. : subordonnée relative) et sa fonction (ex. : complément de nom).

2 APPLIQUER AU BREVET

« Le pauvre sous-chef » : **donnez la classe grammaticale de « pauvre » ainsi que sa fonction.**

Antilles, 2019

La réponse attendue est à formuler ainsi : « *Pauvre* est un adjectif qualificatif, épithète du nom *sous-chef.* »

« En effet, c'était bien une essence subtile de pulpe qui se répandait en vapeur sur toute l'étendue de la mer » (J.-C. Rufin, *Rouge Brésil*)

Relevez toutes les expansions du nom « essence » et identifiez leur classe grammaticale.

Asie, 2019

La difficulté de cette consigne tient à la succession des trois expansions : « subtile » (adjectif qualificatif), « de pulpe » (GNP), « qui se répandait [...] sur toute l'étendue de la mer » (subordonnée relative).

Quels indices montrent qu'il s'agit d'un discours descriptif ?

Dans un texte, des expansions du nom très nombreuses signalent qu'on a affaire à une description ou à un **portrait**. Il faudra donc les relever.

Quels éléments permettent de comprendre l'intention et le point de vue de l'auteur ?

Pour les questions sur l'intention et le **point de vue**, on s'aide des expansions. **Mélioratives**, elles montrent une vision positive sur ce qu'on décrit. **Péjoratives**, elles montrent une vision négative ou critique.

Les constituants du groupe verbal

- À revoir
- OK

31

● **La phrase verbale a pour noyau un verbe. C'est le mot le plus important, autour duquel s'organisent les groupes de la phrase.**

1 MÉMORISER

● Le groupe verbal (GV) se compose d'un verbe et d'un ou plusieurs constituants. Ces compléments ne sont pas supprimables.
Ex. : Les eaux **inondaient** les champs et les routes.

a Le COD

● GV = V + GN : quand le verbe se construit **directement** avec un **GN** simple, celui-ci est **COD** (complément d'objet direct).
Ex. : Il observait Sami et son chien.

Astuce : Pour repérer un COD, transformez la phrase en question : « Qu'observe-t-il ? Il observe qui / quoi ? » La réponse constituera le COD du verbe.

b Le COI

● GV = V + GNP : quand le verbe se construit avec un **GNP** (groupe nominal prépositionnel, introduit par une préposition *à*, *de*…) celui-ci est **COI** (complément d'objet indirect).
Ex. : Sami profitait *d'*un moment de repos. L'enfant parlait *à* son chien.

⚠ **Attention :** Ne pas confondre la **préposition *de*** et l'**article partitif *de* ou *du***. Dans *Je voudrais du pain*, *du pain* est COD car *vouloir* se construit directement (*vouloir quoi ?*). Dans *J'ai besoin de pain*, *de pain* est COI car *avoir besoin* se construit avec *de* (*avoir besoin* **de** *quoi ?*).

c La nature des compléments d'objet

nom propre ou GN	Tu récompenses **Victor**. Je regarde **un bateau**.
verbe à l'infinitif	Tu veux **voyager**. Tu décides **de partir**.
GNP	Elle parle **de Gaïa**. Je vais **à la plage**.
proposition subordonnée	Il pense **qu'on va le croire**.
pronom	Je parle **de lui**.

⚠ **Attention :** le **pronom** peut se placer **avant le verbe** (*Je* ***le lui*** *dis.*).
Pour savoir s'il est COD ou COI, il faut poser la question :
– Je dis quoi ? *le* : sans préposition, c'est un **COD**.
– Je dis à qui ? *à lui* : avec la préposition *à*, c'est un **COI**.

d L'attribut du COD

- Il **suit immédiatement le COD** dont il précise une propriété ou un état. Il sera le **troisième constituant** d'un groupe verbal (après le verbe et le COD)
Ex. : On a trouvé cette explication **étrange**. Il a le teint **frais**.

- Il est soit un **nom** soit un **adjectif**.
Ex. : On a élu Clémentine présidente. J'estime Victor très compétent.

- On le trouve surtout avec le **verbe *avoir***, les verbes d'**opinion** (*trouver, croire*), de **perception** (*sentir, percevoir*), ou de **transformation** (*mettre, rendre*).
Ex. : Il a l'œil fermé. Elle l'a rendue furieuse. Je l'ai trouvé parfait.

Astuce : L'attribut du COD n'est **pas supprimable**, ce qui le distingue d'un simple adjectif épithète. Ainsi, on ne peut pas dire : **Il a le teint*.

L'essentiel

Posez les questions *qui/quoi ?*, *à qui/à quoi ?*, *de qui/de quoi ?* pour retrouver les compléments d'objet.

2 APPLIQUER AU BREVET

« Il [offrait] une frite à chacun des camarades, qui savourait religieusement l'unique friandise chaude et parfumée [...] qu'il leur laissait. » (A. Camus, *Le Premier Homme*)

Quel est le groupe complément d'objet de « savourait » ?

France métropolitaine, 2019

Pour retrouver le COD, on pose **la question quoi** ? Il savourait quoi ? « *L'unique friandise chaude et parfumée...* » Il faut relever **l'ensemble du GN**, et pas seulement « friandise ».

Ce mot que vous croyez qu'on n'a pas entendu, [...] Tenez, il est dehors ! Il connaît son chemin. (V. Hugo, *Toute la lyre*)

À quel terme renvoie le pronom « il » ?

Amérique du nord, 2019

Beaucoup de questions comportent le verbe *renvoyer* : il s'agit souvent de retrouver à quoi **fait référence** un pronom COD ou COI. En observant ce qui précède, on voit que le pronom *il* reprend *ce mot*.

Dictée : « Cette vieille femme, je l'ai trouvée vraiment élégante. »

En dictée et en rédaction, le repérage des compléments d'objet permet d'éviter des **oublis d'accords** : ici, le pronom COD *l'* fait référence à une femme. Placé avant le verbe, il entraine l'accord au féminin.

Les compléments circonstanciels

- À revoir
- OK

32

- Les compléments circonstanciels sont des compléments de phrase. Ils expriment une des l'événement décrit par la phrase : lieu, temps, manière, etc.
- On peut généralement les supprimer ou les déplacer, c'est un critère pour mieux les repérer.

1 MÉMORISER

a Les différents compléments circonstanciels

- Les compléments circonstanciels se retrouvent souvent en posant une **question-clé** après le verbe.

complément de…	exemple
lieu (où ?)	J'ai découvert une brèche dans le labyrinthe.
temps (quand ?)	Trois heures plus tard, la neige arriva.
manière (comment ?)	J'avance péniblement
moyen (grâce à quoi ? objets inanimés)	Je dois monter ma tente à l'aide de mes skis.
cause (à cause de qui / quoi ?)	C'est difficile car le sol est glacé.
conséquence	La neige est si dure que je ne peux rien y planter.
but (pour quoi ?)	Pour éviter d'être pris par la nuit, je dois me dépêcher.
accompagnement (avec qui ? être animés)	Avec mon compagnon, j'immobilise mes skis.
comparaison (comme qui / quoi ?)	Je pousse sur mes bâtons comme un diable.
condition	Si je n'y arrive pas, je suis perdu !
opposition	Malgré tout, j'y parviens.

⚠ **Attention :** certains compléments de temps ou de lieu ne sont ni déplaçables ni supprimables. Ce ne sont alors pas des compléments circonstanciels mais des compléments d'objet.

Ex. : *Il va* **au Pôle Nord**. *Il fait* **moins vingt degrés**.

b Les classes grammaticales des compléments

classe	exemple
GN	**Ce soir**, je dois monter ma tente.
groupe nominal prépositionnel	Ce ne sera pas facile **sur le sol gelé.**
pronom introduit par une préposition	**Devant moi** la brume s'éclaircit.
groupe infinitif prépositionnel	Je me retourne **pour vérifier mon cap**.
adverbe	**Heureusement**, le blizzard n'est pas de la partie.
gérondif	J'explore les environs **en tapant du bâton**.
proposition subordonnée	**Alors que le vent souffle**, j'arrive quand même à dormir.

L'essentiel

Posez des questions après le verbe pour retrouver les divers types de compléments circonstanciels.

2 APPLIQUER AU BREVET

« Les brindilles s'accrochent aux planches, aux poutres, aux solives, sous les toiles d'araignée. (B. Duteurtre, *Livre pour adultes*)

Dans cette phrase, relevez un complément de verbe et un complément de phrase.

Amérique du Nord, 2018

« Aux planches » est un complément de verbe (comme « aux poutres », COD) « et sous les toiles d'araignée » est un complément de phrase (CCL).

« Le festin terminé, plaisir et frustration aussitôt oubliés, c'était la course vers l'extrémité ouest de la plage. »

Remplacez les deux groupes soulignés par deux propositions subordonnées complétives circonstanciels de temps.

France métropolitaine, 2019

Cette consigne est assez courante : il faut faire apparaître une **proposition**, ce qui veut dire placer **un nouveau verbe et une conjonction**. Par exemple : « dès que le festin fut terminé » et « quand ils eurent oublié plaisir et frustration ».

Dans ce texte, où l'action se déroule-t-elle ?

Les consignes sur le lieu ou le déroulement de l'action imposent un **relevé d'éléments**. Ce seront souvent des compléments circonstanciels, qu'il faut relever intégralement (*dans la forêt* et non le seul mot *forêt*).

Les types et les formes de phrases

À revoir
OK

33

• Une phrase est un message qu'on envoie. Ce message a d'abord une intention, un but : c'est le type de phrase. Un même message peut être présenté de différentes manières ou nuance ce sont les formes de phrases.

1 MÉMORISER

a Les types de phrases

type	ponctuation finale	but	caractéristiques	exemple
déclarative	. ou !	donner une **information**		J'ai eu une bonne note.
interrogative	?	poser une **question**	inversion du sujet, mot interrogatif	As-tu eu une bonne note ?
injonctive	. ou !	exprimer un **ordre**, une interdiction, un conseil	verbes à l'impératif, à l'infinitif, au futur simple ou au subjonctif, phrases courtes	Reviens avec une bonne note !

b Les formes de phrases

• La forme exclamative ajoute une nuance **émotive** au message (joie, colère, surprise, etc.). Elle utilise le **point d'exclamation** et des interjections (*Ah ! Eh ! Allons ! Attention ! Mince !...*).

Ex. : La marée arrive ! (phrase déclarative à la forme exclamative)
Il n'est pas revenu ?! (phrase interrogative à la forme exclamative)
Va vite le chercher ! (phrase injonctive à la forme exclamative)

• La forme négative nie une action ou un fait. Elle est caractérisée par des **adverbes de négation** : *ne... pas, ne... plus, ne... jamais, ne... rien, ne... guère, personne ne..., rien ne..., ni... ni.*

Ex. : Matéo a eu une bonne note. (*forme affirmative*)
Matéo n'a jamais eu de mauvaise note. (*forme négative*)

• La forme impersonnelle (voir fiche 49) met en valeur un phénomène ou un état de manière objective et plus « scientifique ».

Ex. : Théo a parfois de bonnes notes. (*forme personnelle*)
Il arrive que Théo ait des bonnes notes. (*forme impersonnelle*)

- La forme emphatique (voir fiche 49) met en avant ou insister plus particulièrement sur un des éléments de la phrase.

Ex. : Théo a eu une bonne note. (*forme neutre*)
C'est Théo qui a eu une bonne note. (*forme emphatique*)

- La forme passive (voir fiche 34) insiste davantage sur le résultat que sur l'action.

Ex. : Léo a obtenu la seule bonne note. (*forme active*)
La seule bonne note a été obtenue par Léo. (*forme passive*)

L'essentiel

Trois types de phrase (selon le but de la prise de parole), cinq formes de phrase (selon la nuance de sens et de la construction du verbe).

2 APPLIQUER AU BREVET

« Beau ? Mais c'était la fin du monde ! »

Quels sont les deux types de phrases employés ici ?

Centres étrangers, 2018

La réponse sera : « Les deux types de phrases employés sont la phrase interrogative et la phrase déclarative. » La deuxième phrase peut poser problème à cause du point d'exclamation : ce n'est pas un ordre mais une affirmation jugée vraie (la fin du monde) et formulée avec peur. C'est donc une phrase **déclarative de forme exclamative**.

« Non ! Au contraire ! Nous descendons ! » (J. Verne, *L'Île mystérieuse*.)

Quel est le type de phrase dominant ?

On confond souvent les types injonctif et exclamatif. On définit le type de phrase en cherchant **l'intention** du locuteur : *Au contraire !* est de type déclaratif et de forme exclamative, puisque la phrase exprime l'**enthousiasme**, alors que *Nous descendons !* est de type injonctif : on donne un **ordre**.

« Est-ce l'intérêt, l'aveuglement, la barbarie ou la raison et la justice qu'il faut écouter ? » (D. Diderot, *Sur l'esclavage*.)

Attend-on une réponse ? Pourquoi cette question est-elle posée ?

Quand on pose une question dont la réponse est trop évidente pour être exprimée, on pratique la **question oratoire** (ou **rhétorique**). On affirme sans vraiment le dire, pour se protéger ou pour rendre le lecteur complice, en lui montrant qu'il n'est pas vraiment nécessaire de lui expliquer.

La voix passive

À revoir
OK

34

La voix est la forme que prend le verbe pour exprimer le rôle du sujet dans l'action.

1 MÉMORISER

- Dans la voix active, le sujet fait l'action.

Ex. : Pierre mange du pain.

- Dans la voix passive, le sujet subit l'action.

Ex. : Le pain est mangé par Pierre.

a La transformation à la voix passive

- Dans la transformation au passif, le **sujet** de la voix active devient le **complément d'agent** et le **COD** devient le **sujet**.

Ex. : Le plombier **répare** l'évier. > L'évier **est réparé** par le plombier.
S V COD > S V C. d'agent

Astuce : Le **schéma 1-2-3** de la voix active devient **3-2-1** à la voix passive. Il suffit d'**inverser les groupes** (sujet et complément) autour du verbe.

- La transformation passive est soumise à une **condition** : le verbe actif doit **avoir un complément d'objet direct** (verbe transitif direct).

Ex. : Mon père parle. > *non transformable*
Mon père parle très bien l'anglais. > L'anglais est très bien parlé par mon père.

b L'emploi de l'auxiliaire être

- Au passif, le verbe change et se forme avec l'auxiliaire *être* conjugué au même temps que le verbe actif, suivi du **participe passé**.

Ex. : Le chat mange la souris. → La souris est mangée...
Le chat a mangé la souris. → La souris a été mangée...
Le chat avait mangé la souris. → La souris avait été mangée...

- Il ne faut pas oublier d'accorder le participe passé avec le nouveau sujet.

Ex. : Ce film touche les gens. → Les gens sont touchés par ce film.

Astuce : il ne faut pas confondre un verbe au **présent passif** et un verbe au **passé composé actif**.

Dans *L'enfant est tombé*, le verbe est au passé composé actif : on peut le remplacer par un passé simple sans modifier le sens (*L'enfant tomba*).
Dans *L'enfant est lavé*, le sens serait différent si l'on remplaçait par un passé simple (**L'enfant lava*) : le verbe est donc au présent passif.

C Le complément d'agent

- Il est généralement un **GNP** introduit par *par*.

Ex. : Les falaises sont attaquées **par les marées**.

- Avec les **verbes de sentiment** ou des **verbes de description**, on peut aussi l'introduire avec *de*.

Ex. : Maman était aimée de tous. (*voix active :* Tous aimaient Maman.)

- Il n'est pas toujours exprimé et peut donc être **absent**.

Ex. : Elle a été élue (par le peuple / par ses camarades / par ses collègues).

Astuces :
– Quand le complément d'agent n'est pas indiqué, on repère la voix passive en ajoutant *par quelqu'un*.
– Dans la phrase *Kevin est passé* ***par*** *des chemins détournés*, *par* introduit un **complément circonstanciel de lieu**, à ne pas confondre.

L'essentiel

La voix passive implique un verbe composé de deux ou trois éléments et, souvent, un complément d'agent (introduit par *par*).

2 APPLIQUER AU BREVET

« J'ai été puni un jour. » **À quel temps est ce verbe ?**

Certains verbes au passif ne comportent **pas de complément d'agent**. Ce verbe, composé de **trois éléments**, est au **passé composé passif**. On peut lui ajouter le complément *par quelqu'un*.

« Ce genre de détail intéressait toujours Rouletabosse. » (R. Escarpit, *Les Reportages de Rouletabosse.*) **Réécrivez à la forme passive.**

En réécriture, on peut demander de transformer en voix passive. On se souvient alors du **schéma 123 / 321**, on modifie le verbe et on utilise *par* : *Rouletabosse était toujours intéressé par ce genre de détail.* Il faudra **respecter les temps utilisés**. Les choses se compliquent si le sujet est *on* : *On l'appelait Rouletabosse*, par exemple, devient simplement *Il était appelé Rouletabosse*, sans complément d'agent.

Dictée : « Les villes de Pompéi et d'Herculanum ont été ensevelies par les cendres. »

Une telle phrase peut être source d'erreur en dictée si l'on oublie l'**accord** du participe passé avec le sujet (*villes / enseveli**es***). Il faut se rappeler que *a été* ou *ont été* sont des formes de l'auxiliaire *être*. On n'oublie pas, enfin, que le participe passé *été* reste invariable.

Phrase simple, phrase complexe

À revoir
OK

35

• Une phrase est un ensemble de mots qui commence par une majuscule et se termine par un signe de ponctuation fort (./?/!/...).

1 MÉMORISER

a Phrase verbale et phrase non verbale

• En général, la phrase est construite autour d'un **verbe conjugué** qui est son **noyau** (son centre). On parle alors de phrase verbale.
Ex. : Je n'ai jamais pleuré. (*ai pleuré* = *pleurer* au passé composé)

• Parfois, une phrase n'est pas construite autour d'un verbe conjugué. On parle alors de phrase non verbale. Composée d'**un ou plusieurs mots**, elle peut être :
– **déclarative** :
Ex. : Excellent, ton plat ! Fermé le lundi. Début de la campagne électorale.
– **interrogative** :
Ex. : Qui ça ? Prêts à partir ? Déjà ?
– **injonctive** :
Ex. : Dehors ! Attention ! Port du casque obligatoire.

b Phrase simple et phrase complexe

• Une proposition est un ensemble de mots qui fonctionnent autour d'un **verbe conjugué**.

• Quand la phrase contient **un seul verbe** et donc **une seule proposition**, on parle de phrase simple.
Ex. : De l'argent, on en manque toujours.

• Quand la phrase contient **plusieurs verbes** et donc **plusieurs propositions**, on parle de phrase complexe.
Ex. : J'ai vu ça, j'étais tout petit et j'y pense encore tous les jours.

c Juxtaposition, coordination et subordination

• Dans une phrase complexe, deux propositions peuvent être :
– juxtaposées, c'est-à-dire séparées par un **signe de ponctuation** (,/;/:) ;
Ex. : « Il s'embourbait, il le savait ; il se tut. » (M. Tremblay)
– coordonnées, c'est-à-dire reliées par une **conjonction de coordination** (*mais, ou, et, donc, or, ni, car*) ;
Ex. : « Elle ne **broncha** pas mais je **pouvais** lire la consternation dans ses yeux. » (M. Tremblay)

⚠ **Attention :** on parle alors de **propositions indépendantes** : elles ne dépendent pas les unes des autres.

– principale et subordonnée, c'est-à-dire une proposition **utilisable seule** (principale) et une proposition **dépendante** (subordonnée) qui ne peut constituer une phrase à elle seule (voir fiche 36).
Ex. : Je **veux** que tu viennes. Il **est parti** avant que le soleil se couche.

L'essentiel

Analysez une phrase à l'aide de trois questions :
1. Y a-t-il un verbe conjugué ou pas ?
2. Combien y a-t-il de verbes conjugués ?
3. Par quel moyen ces verbes sont-ils liés ?

2 APPLIQUER AU BREVET

« Posés partout : des armoires orphelines, de hauts miroirs brisés, un coffre fort... » (P. Chamoiseau, *Une enfance créole*)

Faites deux remarques sur la construction de cette phrase.

France métropolitaine, 2017

Toute question sur la « construction » demande d'analyser le ou les **verbes**. Dans cette phrase, il n'y a justement pas de verbe. Seul le participe passé *posés* ouvre une énumération d'objets.

« Et ne m'objectez pas / Que vos amis sont sûrs ».

Quelle est la nature de « que » ? Justifiez votre réponse.

Amérique du Nord, 2019

Les questions sur la **nature de *que*** ne sont assez courantes ! Ici, c'est une conjonction de subordination qui introduit une proposition subordonnée conjonctive. *Que* peut être également pronom relatif, pronom interrogatif, adverbe exclamatif, adverbe de négation.

« "La mer ! La mer !" pensait Daniel. » (J.-M. G. Le Clézio, *Celui qui n'avait jamais vu la mer.*)

Quels sont les moyens que l'auteur utilise pour traduire l'émotion de Daniel ?

Dès que l'on parle de « moyens utilisés », on parle de **moyens lexicaux** (mots utilisés) et **syntaxiques** (construction des phrases). Ici, on traduit l'émotion par des phrases **non verbales**, brèves et répétées, qui exprime la surprise.

Les propositions subordonnées

À revoir
OK

36

● On ne trouve de proposition subordonnée que dans une phrase complexe. La proposition subordonnée dépend de la principale et ne peut pas exister seule. Elles sont reliées par un mot subordonnant.

1 MÉMORISER

Ex. : J'**ai** un chien qui **aboie** lorsqu'il **a** faim.
J'ai un chien ne dépend d'aucune autre proposition : c'est donc la **proposition principale**. Les propositions *qui aboie* et *lorsqu'il a faim* dépendent de *J'ai un chien* : ce sont donc les **subordonnées**.

Astuce : Pour délimiter la subordonnée, on repère le mot subordonnant (*J'aimerais* que tu viennes).

a La subordonnée relative

● Elle est introduite par un pronom relatif (*qui, que, quoi, dont, où, auquel, duquel, à laquelle, de laquelle...*).
● Elle complète un **nom** ou un **pronom** (l'**antécédent**) dont elle est **épithète** ou **apposition**.
Ex. : Choisis le vêtement **que tu gardes** et celui **dont tu te sépares**.

b La subordonnée conjonctive

● Elle est introduite par la conjonction de subordination *que*.
● La plupart du temps, elle complète un **verbe** dont elle est le **COD (mais elle peut avoir d'autres fonctions)**.
Ex. : J'ai remarqué **que cet immeuble est insalubre**.

Astuce : Pour la repérer, on pose la question « Quoi ? » après le verbe (« J'ai remarqué quoi ? Que cet immeuble est insalubre »).

c La subordonnée interrogative

● Elle est introduite par un mot interrogatif : *qui, ce que, si, lequel, quel, où, quand, comment.*
● Elle complète un **verbe** dont elle est le **complément d'objet**.
Ex. : Je me demande **quand ils arriveront**.
Je ne sais pas **s'ils seront à l'heure**.

d La subordonnée circonstancielle

● Elle est introduite par une conjonction de subordination ou une **locution conjonctive** exprimant une **circonstance** de l'action : le **but** (*pour que, afin que...*), le

temps (*quand, avant que...*), la **conséquence** (voir fiche 38), la **concession** (voir fiche 37), etc.

- Comme son nom l'indique, elle est un **complément circonstanciel** de la phrase.

Ex. : Quand elle sourit, son visage s'illumine. Je prie pour qu'elle sourie.

L'essentiel

Définissez le **type d'une subordonnée** en analysant le **mot subordonnant** et en retrouvant la nature de l'**élément complété**.

2 APPLIQUER AU BREVET

« Léopold s'assura que la troisième était au complet. » / « Léopold se pencha [...] pour voir l'élève Hautemain que lui dissimulait la poutre. »

Trouvez dans quelle phrase se trouve la proposition subordonnée relative.

France métropolitaine, 2018

Cette consigne teste la capacité à **repérer et analyser *que*** : dans la première phrase, il est placé après le verbe « s'assura » : il ne peut donc pas amorcer une relative. Dans la seconde, il est placé après le nom « Hautemain » : c'est donc la relative.

« Comment peut-il mener et comprendre ses camarades ? // Chacun parle un français volubile de sa façon » (J. Réda, *L'Incorrigible*.)

a. À partir des deux indépendantes, construisez une phrase complexe.
b. Quelle est la relation logique qui unit les deux propositions ?

Dans ces consignes de transformation, on analyse d'abord le **rapport logique** qui lie les deux propositions : ici, l'opposition. On choisit ensuite la proposition **principale**, puis on place un **mot subordonnant** pour introduire une subordonnée : *Comment peut-il mener et comprendre ses camarades* ***tandis que*** *chacun parle* [...] *?*

« La fumée des feux de camps montait vers le ciel et le soleil descendait déjà sur El Paso et le Texas. » (P. Bard, *La Frontière*.)

Remplacez « et » par une conjonction de subordination dont vous préciserez la valeur.

Pour la transformation de la coordination en subordination (ou l'inverse), on observe d'abord le **rapport** entre les deux phrases : ici, la simultanéité. On transforme donc l'une des deux propositions en **subordonnée circonstancielle de temps**.
Pour cela, on remplace la conjonction de coordination *et* par une conjonction de subordination : *La fumée des feux de camp montait vers le ciel* ***alors que*** *le soleil descendait déjà...*

Les rapports logiques : opposition, concession, restriction

À revoir
OK

37

• Le rapport logique désigne la relation qu'entretiennent deux faits ou deux phrases. Il est exprimé par des éléments appelés connecteurs.

1 MÉMORISER

a L'opposition

• Cette **relation logique** intervient entre deux idées **indépendantes** qui ne se contredisent a priori pas. Elle souligne un contraste.
Ex. : Elle reste élégante. Son frère, en revanche, est négligé.

• Pour l'exprimer, on peut utiliser :
– une **conjonction de coordination** : *mais, or* ;
– une **conjonction de subordination** : *alors que, tandis que, autant... autant* ;
– une **préposition** : *au lieu de, contrairement à, à l'opposé de, à l'inverse de* ;
– un **adverbe** : *au contraire, inversement, en revanche, par contre* ;
– une **locution verbale** : *avoir beau...*
Ex. : Cassandre avait beau dire la vérité, personne ne la croyait.

b La concession

• Cette relation logique rapproche deux faits qui se contredisent mais qui n'empêchent pas l'action d'avoir lieu.
Ex. : Elle reste élégante alors qu'elle est très malade.

• Pour l'exprimer, on peut utiliser :
– une **préposition** : *malgré, en dépit de, sans, au risque de* ;
– un **adverbe** : *pourtant, toutefois, néanmoins, cependant, quand même...*
– une **conjonction de subordination** *alors que, même si* (+ indicatif), *bien que, quoi que, quoique, sans que* (+ subjonctif) ;
– une **conjonction de subordination** suivie du **conditionnel** : *quand bien même* ;
Ex. : Bien que je sois né au Maroc, je suis de nationalité française.

c La restriction

• C'est l'ajout d'une réserve (limite) à ce qu'on vient de dire.
Ex. : Elle reste élégante, quoique son chapeau frise le ridicule.

• Pour l'exprimer, on peut utiliser :
– **avant un GN :** *sauf, hormis, excepté, à l'exception de, mis à part...*
– **avant une proposition :** *cependant, toutefois, néanmoins, encore que, du moins, si ce n'est que, quoique* (+ indicatif), *à moins que, quelque... que, bien que* (+ subjonctif).

L'essentiel

L'opposition souligne un contraste (*Jean aime les sciences, **en revanche** je préfère les lettres.*). Tandis que la concession rapproche deux faits contradictoires (*Je l'adore, **même si** elle m'énerve.*).

2 APPLIQUER AU BREVET

« Poulet devenait grand, il atteignait quinze ans [...]. Mais il restait enfant d'esprit, ignorant, niais, étouffé... » (G. de Maupassant, *Une vie.*)

Quel est le rapport logique entre ces deux phrases ? Quel terme souligne ce rapport ?

Les questions de ce type sont nombreuses. Ses variantes sont : quelle **relation** ces propositions entretiennent-elles ? Quel **lien logique** est exprimé ? Quelle est la **valeur** de la conjonction de coordination ? Ici, *Mais* exprime une opposition forte.

« J'avais durement peiné [...], je butais contre des obstacles et je me fatiguais. Maintenant, nulle part je ne rencontrais de résistances, je me sentais en vacances et pour toujours. » (S. de Beauvoir, *La Force de l'âge*)

a. Quel est le rapport logique entre ces deux phrases ?
b. Transformez ces deux phrases en une phrase complexe contenant une proposition subordonnée.

Pondichéry, 2017

La question porte sur un **rapport implicite** (non exprimé). Il faut d'abord trouver le lien, puis **l'expliciter**. Ici, le rapport entre les deux propositions indépendantes est l'**opposition** (on passe de la difficulté à la facilité). On peut l'exprimer avec : « **alors que / tandis que** maintenant, nulle part je ne rencontrais... »

« Accablée par les soucis, elle garde espoir. »

Transformez cette phrase en deux propositions de manière à faire apparaitre le lien logique.

Avant tout, on cherche **le lien logique** (ici, l'opposition). Puis on modifie en utilisant un **mot subordonnant** : *Elle garde espoir bien qu'elle soit accablée par les soucis.*

Rédaction : Pensez-vous comme Jean Giono que la ville soit un lieu hostile ? Vous proposerez une réflexion organisée.

France métropolitaine, 2017

Dans l'introduction d'un sujet de réflexion, on a tout intérêt à utiliser la **concession**, afin de marquer la transition entre deux parties dans la **présentation du plan** : « **Si** la ville peut sembler hostile, elle peut **toutefois** être également un lieu de... ».

Les rapports logiques : cause, conséquence, but

À revoir
OK

38

Ces trois rapports logiques sont exprimés par des connecteurs spécifiques.

1 MÉMORISER

a La cause

La cause est un fait qui se produit **avant un autre**, qui provoque d'autres évènements. C'est leur origine.

Pour l'exprimer, on utilise :
– des **conjonctions** : *car, parce que, comme, étant donné que, vu que, du fait que, puisque, sous prétexte que, soit que… soit que* ;
– des **locutions prépositionnelles** : *du fait de, à cause de, pour, de par, en raison de, grâce à, faute de, par manque de, à force de…*

Ex. : Octave a été licencié du fait de ses retards répétés.

b La conséquence

La conséquence est un fait qui se produit **après un autre**. Elle est le résultat, le **produit** de faits précédents.

Pour l'exprimer, on utilise :
– des **locutions prépositionnelles** : *au point de, assez… pour, trop… pour, jusqu'à, de manière à* ;
– des **conjonctions de subordination** : *jusqu'à ce que, au point que, de (telle) façon que, si bien que, de (telle) sorte que, de (telle) manière que, trop… pour que, si… que, tant… que, tellement… que…*

Ex. : Samir mange tellement qu'il s'en rend malade.

c Le but

Le but est l'objectif qu'on souhaite atteindre grâce à une action.

Pour l'exprimer, on utilise :
– des **prépositions** : *pour, afin de, de manière à, de façon à, dans l'intention de, dans le but de, dans le dessein de, en vue de* ;
– des **conjonctions de subordination suivies du subjonctif** : *pour que, afin que, de façon que, de sorte que, de peur que.*

Ex. : J'agis de façon à ce qu'il ne s'aperçoive de rien.

d Différencier conséquence et but

- Avec *de sorte que, de manière (à ce) que, de façon que, pour que*, on différencie conséquence et but grâce au **mode verbal** utilisé.

– Pour la **conséquence**, le fait est considéré comme **réalisé** : le verbe est donc à l'**indicatif**.
Ex. : J'ai pris une assurance, de sorte qu'il n'y **a** aucun problème.

– Pour le **but**, la réalisation de l'objectif est **incertaine** : le verbe est donc au **subjonctif**.
Ex. : J'ai pris une assurance de sorte qu'il n'y **ait** aucun problème.

L'essentiel

La cause est l'origine d'un fait, la conséquence son résultat, et le but son résultat espéré.

2 APPLIQUER AU BREVET

« C'était un homme non pas très âgé, mais usé par la vie, *pour avoir dormi dehors et avoir bu trop de vin.* » (J.-M. G. Le Clézio, *L'Enfant sous le pont.*)

a. Quel rapport logique exprime le groupe souligné ?
b. Remplacez ce groupe par une proposition subordonnée exprimant le même rapport logique.

Cette double consigne est assez courante. On doit d'abord donner **le nom** du rapport logique (ici, la cause), puis **reformuler** en respectant les consignes : ici, le mot « proposition » impose un **verbe** et « subordonnée » une **conjonction de subordination**. La cause peut donc s'exprimer par : *comme / vu que / parce que / du fait qu'il avait dormi dehors...*

« Je ne retournerai pas là-bas. Ce monde est une prison. » (J.-F. Rufin, *Globalia*)

a. Nommez la relation logique qui unit ces deux phrases.
b. Réécrivez-les en utilisant une conjonction de subordination qui exprime la même relation logique.

Centres étrangers, 2019

Comme dans la fiche précédente, cette consigne cherche à vérifier que les **liens implicites** sont compris : ici, on sous-entend un lien de **cause ou de conséquence**. Avec l'ajout de la subordination, cela peut donner : « Je ne retournerai pas là-bas **parce que** ce monde est une prison. »

GRAMMAIRE

1 Quelle est la classe grammaticale de *depuis que* ?

- ▢ **a.** locution adverbiale
- ▢ **b.** conjonction de coordination
- ▢ **c.** conjonction de subordination

2 Quelle est la classe grammaticale de *les nôtres* ?

- ▢ **a.** déterminant possessif
- ▢ **b.** pronom possessif
- ▢ **c.** adverbe

3 Quelle phrase contient un attribut du sujet ?

- ▢ **a.** Il prétend que la Terre est plate.
- ▢ **b.** Elles semblent vraiment trop superstitieuses.
- ▢ **c.** On a commencé à la nuit tombée.

4 Quelle phrase contient un superlatif absolu ?

- ▢ **a.** Cette leçon est parfaitement assimilée.
- ▢ **b.** Cette leçon est plus assimilée que la précédente.
- ▢ **c.** Cette leçon est la plus assimilée de toutes.

5 Quelle phrase contient une apposition ?

- ▢ **a.** Simple témoin, il fut relâché par la police.
- ▢ **b.** Il fut témoin de la scène en pleine rue.
- ▢ **c.** Il fut entendu en sa qualité de témoin.

6 Quelle phrase est à la voix passive ?

- ▢ **a.** Matéo a découvert la couture et adore ça.
- ▢ **b.** Inès a été exclue par son club de boxe.
- ▢ **c.** Mes parents ont eu une amende pour non-port du masque.

7 Quelle phrase contient une proposition subordonnée conjonctive ?

- ▢ **a.** Sami se dit qu'il deviendra danseur.
- ▢ **b.** Sami, que tu connais bien, veut devenir danseur.
- ▢ **c.** Quand il deviendra danseur, Sami déménagera à Lyon.

8 Quelle phrase exprime un rapport de restriction ?

- ▢ **a.** Inès aime la boxe tandis que Matéo aime la couture.
- ▢ **b.** Alors qu'elle est toute petite, Inés est excellente en boxe.
- ▢ **c.** Matéo entrera à l'école de mode, à moins qu'elle ne soit trop chère.

Corrigés au verso

Corrigés

1 Quelle est la classe grammaticale de *depuis que* ?

> **c.** conjonction de subordination : marquée par *que*, elle introduit forcément une subordonnée avec verbe (*depuis qu'elle n'est plus là*).

Voir **Fiche 25**

2 Quelle est la classe grammaticale de *les nôtres* ?

> **b.** pronom possessif : il commence par *le* et prend un accent circonflexe, contrairement au déterminant forcément placé devant un nom (*notre famille*).

Voir **Fiche 26**

3 Quelle phrase contient un attribut du sujet ?

> **b.** *Elles semblent vraiment trop superstitieuses* ; la phrase **a** contient un COD (*il prétend quoi ?*), la **c** contient un CCL (*on a commencé quand ?*).

Voir **Fiche 28**

4 Quelle phrase contient un superlatif absolu ?

> **a.** *Cette leçon est parfaitement assimilée* : il est marqué par un adverbe d'intensité (*très, absolument*, etc.).

Voir **Fiche 29**

5 Quelle phrase contient une apposition ?

> **a.** *Simple témoin, il fut relâché par la polic*e : expansion du pronom il, elle est séparée par des virgules.

Voir **Fiche 30**

6 Quelle phrase est à la voix passive ?

> **b.** *Inès a été exclue par son club de boxe* : les deux autres sont au passé composé. Ici, on peut retrouver la voix active : « Le club a exclu Inès. »

Voir **Fiche 34**

7 Quelle phrase contient une proposition subordonnée conjonctive ?

> **a.** *Sami se dit qu'il deviendra danseur.* : elle est introduite par *que* et a pour fonction COD (*Sami se dit quoi ?*).

Voir **Fiche 36**

8 Quelle phrase exprime un rapport de restriction ?

> **c.** *Matéo entrera à l'école de mode, à moins qu'elle ne soit trop chère.* : la phrase **a** indique l'opposition, la **b** la concession. La **c** est restriction : une limite au fait d'entrer à l'école.

Voir **Fiche 37**

Dégager la structure d'un récit complexe

- À revoir
- OK

39

• **Un récit complexe est une narration enrichie de dialogues, de descriptions et de variations chronologiques.**

1 MÉMORISER

a Le schéma narratif classique en cinq étapes

• La situation initiale situe le début de l'action dans un cadre ou des circonstances.

• Un élément perturbateur bouleverse la situation et déclenche alors l'action.

• Les péripéties sont des aventures lors desquelles le héros accomplit une quête, se forme, grandit, etc.

• Un élément de résolution est un évènement qui met fin à l'action et règle la situation, en l'améliorant ou en la détériorant.

• La situation finale met un terme à l'histoire.

b Les indices pour repérer la structure d'un récit

• La mise en page permet de comprendre que l'on passe du récit au dialogue mais aussi à un autre sujet, épisode ou lieu grâce aux sauts de ligne et aux **paragraphes**.

• Les connecteurs spatio-temporels ou logiques rythment la **progression chronologique** et l'enchaînement des situations. Ils annoncent également, en début de paragraphe ou de phrase, un nouvel événement.

Ex. : « Puis enfin l'ouragan se calma [...] le patron commanda de jeter le chalut. Donc le grand engin de pêche fut jeté par-dessus bord. » (G. de Maupassant, *En mer*)

• Les changements de pronoms : on peut passer du *je* du narrateur à la 3e personne qui qualifie un personnage. On peut aussi passer du singulier au pluriel, qui peut définir les **adjuvants** (ils aident le héros) ou des **opposants** (ils l'empêchent d'atteindre son but).

• L'utilisation des temps : le passage du passé simple à l'imparfait peut indiquer qu'une description se met en place. Au contraire, le passage de l'imparfait au passé simple peut signaler l'apparition d'un évènement qui va modifier le cours des choses.

Ex. : « La chaleur nous accablait ; le vaisseau, dans un calme plat, sans voiles et trop chargé de mâts, était tourmenté par le roulis. Brûlé sur le pont et fatigué du mouvement, je voulus me baigner et me jetai du mât. »
(F.-R. de Chateaubriand, *Le Voyage en Amérique*.)

- Les changements de point de vue (voir fiche 42) peuvent structurer le récit : la scène est vue par les yeux d'un personnage, puis par un autre, etc.
- Les adjectifs : ils peuvent indiquer qu'on passe d'une narration à une description ou à une explication. (voir fiche 41).

Ex. : Sony était, comme toujours, superbement vêtu d'un costume de lin sombre, sa peau était fine et douce, ses cheveux taillés en afro courte. (M. N'Diaye, *Trois femmes puissantes*)

L'essentiel

Un récit complexe est composé de nombreux évènements, émaillé de dialogues et de passages descriptifs et structuré par des connecteurs.

2 APPLIQUER AU BREVET

Donnez un titre significatif à chacun des trois moments de la journée évoqués dans le texte.

France métropolitaine, 2019

Les questions de ce type reposent sur un repérage des **connecteurs temporels** qui vont rythmer le récit, souvent en début de paragraphe. Pour les titres, il faut veiller à ne pas être trop vague.

Rédaction : À la suite d'un accident, la jeune enseignante doit se reposer. Son mari la remplace à la maison. Vous imaginerez la suite du récit en montrant que le mari se rend compte progressivement de l'inégalité qui existait entre eux.

Polynésie française, 2017

Ce sujet de rédaction est appelé « **suite de texte** » : on demande de continuer le texte découvert lors de la première partie de l'épreuve. Avant de rédiger, il faut indiquer sur le brouillon les différentes **étapes du récit**. Ces étapes seront résumées ou indiquées sous forme de titres : cette phase est indispensable pour **structurer** et surtout **développer** un récit. La situation initiale reprendra la situation finale du texte proposé. Enfin, on marquera bien le début de chaque étape par un **paragraphe** et un connecteur temporel. Ici, il faudra bien montrer les étapes successives qui marqueront la prise de conscience du mari, en prenant bien soin de ne pas **trop déséquilibrer le récit par des dialogues**.

Ordonner et rythmer un récit

À revoir
OK

40

• On peut présenter des évènements dans l'ordre chronologique, mais on peut aussi utiliser d'autres techniques.

1 MÉMORISER

a L'ordre du récit

• Le retour en arrière **(analepse ou flash-back)**
On raconte ce qui s'est passé **avant**, pour expliquer ou éclairer un comportement ou un évènement par des informations antérieures. Dans un récit au présent, on utilise alors les **temps du passé** et, dans un récit au passé, le **plus-que-parfait** et le **passé antérieur**.

Ex. : « Ma patience est récompensée, car je viens de recevoir une nouvelle lettre. Je me préparais à aller au lit, il y a quelques minutes, quand j'entendis, à la porte, le même bruissement mystérieux que les deux autres fois. » (B. Stoker, *La Dame au linceul.*)

• L'anticipation **(prolepse)**
On annonce brièvement des faits qui se déroulent **plus tard**, pour expliquer l'évènement en le rapprochant d'un autre ou pour créer un effet de suspense. On utilise le **futur simple** dans une narration au présent, ou le **conditionnel présent** dans une narration au passé.

Ex. : « Ainsi nous étions tous quatre sur le pays de nos rêves, le monde perdu [...]. Qui aurait pu deviner que nous étions au bord de notre désastre ? » (Conan Doyle, *Le Monde perdu*)

b Le rythme du récit

• Une histoire peut être racontée **évènement par évènement**, heure par heure, mais le rythme peut être aussi **accéléré ou ralenti**.

• La scène est un moment fort de l'histoire, raconté en totalité et avec beaucoup de **détails**. Elle comporte souvent des paroles rapportées au style direct.

• Le sommaire est une sorte de **résumé** : de nombreux évènements et un temps assez long sont racontés en quelques lignes seulement.
Ex. : « Le lendemain et les deux jours suivants, je reste chez Clément. Je suis un peu malade. » (M. Duras, *La Vie tranquille*)

• La pause interrompt le récit par un **passage descriptif** une explication plus générale, un commentaire.

- L'ellipse est un **saut dans le temps** pour accélérer le rythme en ne racontant pas des évènements peu importants. Elle est introduite par des expressions telles que : *l'année suivante, le lendemain, des mois plus tard.*

Ex. : « Elle s'était engagée à l'Éden-Cinéma comme pianiste. Elle y était restée dix ans. Au bout de dix ans, elle avait pu faire des économies suffisantes... » (M. Duras, *Un barrage contre le Pacifique*)

L'essentiel

Diversifiez les techniques narratives pour donner du relief et du rythme à un récit, et entretenir ainsi l'intérêt du lecteur (analepse, prolepse, pause, ellipse, scène, sommaire).

2 APPLIQUER AU BREVET

« J'y avais rêvé dès l'enfance, quand je jouais avec ma sœur à la "grande jeune fille" ». (S. de Beauvoir, *La Force de l'Âge*)

Dans cette proposition, à quel temps le verbe est-il conjugué ? Expliquez son emploi.

Pondichéry, 2017

Les questions sur la valeur des temps peuvent être résolues **en observant l'ordre du récit**. En effet, ici, on fait un bond dans le passé avec l'évocation de l'enfance, alors que l'héroïne vient d'avoir vingt ans. C'est donc une **analepse** qui évoque un évènement antérieur et nécessite donc l'utilisation du plus-que-parfait.

« Ils levèrent l'ancre au milieu de la nuit. La mer était calme. » (L. Gaudé, *Eldorado*)

Au début du texte, à quel moment de la journée le navire lève-t-il l'ancre ?

Polynésie, 2019

Les consignes de ce genre reposent toujours un **repérage précis de CCT** qui (ou de CCL pour les questions sur le lieu). Ces indices structurent la narration. Ici, c'est « au milieu de la nuit ».

« Mme Arnoux, sur le trottoir, fit signe d'avancer à un fiacre qui passait. Elle monta dedans. La voiture disparut. Et ce fut tout. » (G. Flaubert, *L'Éducation sentimentale*.)

Faites les remarques nécessaires sur le rythme du récit.

Les « remarques nécessaires » sont d'ordre **syntaxique** : on observe la longueur et la construction des phrases. Ici, les phrases courtes et les propositions indépendantes, l'absence de propositions subordonnées complétives montrent qu'on n'entre pas dans le détail. Les évènements et les verbes se succèdent très vite : c'est un **sommaire** qui **accélère** le rythme.

Insérer une description

À revoir
OK

41

● **La description a pour fonction de décrire et de donner à voir au lecteur un lieu, un objet, un personnage (portrait).**

1 MÉMORISER

● **Au début d'un récit** ou d'une scène, la description plante le décor de l'action, construit une atmosphère ou informe le lecteur.

● **Placée dans la narration**, elle présente un nouveau personnage, un nouveau lieu, un nouvel objet ou fait comprendre le caractère d'un personnage.

Astuce : ne confondez pas explication et description. Une explication définit un fonctionnement, une cause et des conséquences, un mode d'emploi. Une description s'intéresse surtout à l'apparence des choses.

a Les caractéristiques de la description

● De nombreuses expansions du nom, qui en fonction du regard du narrateur peuvent être **mélioratives** (positives) ou **péjoratives** (négatives).

Ex. : « Nous cheminons maintenant au-dessus d'une nappe sombre, une forêt d'un vert sourd, qui absorbe la lumière faiblissante… C'est la forêt de Compiègne, jetée là comme […] une étoffe crêpelée. » (Colette, *Là-Haut*)

● Des indications de temps et de lieu qui dépendent de la position de celui ou celle qui regarde.

Ex. : « L'île avait à peu près la forme d'un bateau ; ramassée sur elle-même du côté où les enfants se tenaient, elle dévalait derrière eux vers la côte […]. » (W. Golding, *Sa Majesté des Mouches*.)

● Des champs lexicaux précis (formes, couleurs, lumière, parties du corps, paysage, etc.).

● Des figures de style comme la comparaison ou la métaphore qui établissent des liens entre les éléments.

b Les manières d'introduire une description dans le récit

● Un verbe de perception : *sentir*, *voir*, *contempler*, *écouter*, etc. Il permet au lecteur de voir ce que voit le personnage.

Ex. : « Et il distingua une haute silhouette qui dominait une foule de soldats amusés et curieux » (L. Gaudé, *La Mort du roi Tsongor*)

● Une correspondance soudaine entre l'état intérieur du personnage et l'élément décrit.

Ex. : « La passion victorieuse la dévorait, tandis que, devant elle, un soleil couchant incendiait la ville. » (É. Zola, *Une page d'amour*.)

- Un passage à l'imparfait, introduit par une nécessité narrative (l'arrivée dans un nouveau lieu, qu'il faut alors décrire, etc.)

Ex. : « Ils apercurent devant eux une maçonnerie trapue, enracinée dans la rocaille d'une ravine. Le pont s'élançait [...] au-dessus d'une gorge. » (J.-Ph. Jaworski, *Janua Vera*)

L'essentiel

Décrire, c'est transmettre ce qu'on peut voir ou ce qu'on veut voir au sujet d'un lieu, d'un objet, d'un personnage.

2 APPLIQUER AU BREVET

Quels sont les éléments du paysage qui échappent aux « bois superbes dévorant tout » ?

Pondichéry, 2018

Cette question met l'accent sur un passage descriptif. Il faudra forcément chercher des **GN** désignant les éléments du paysage épargnés par la forêt (ici, les prés et les fermes, notamment).

« Elle était plongée dans ces pensées, sur le toit du palais, lorsque les armées de Sango Kerim descendirent des collines [...]. C'étaient de longues colonnes d'hommes qui marchaient en ordre de bataille. Ils étaient innombrables. On eût dit une eau humaine qui coulait le long des pentes. » (L. Gaudé, *La Mort du roi Tsongor.*)

a. Pourquoi un passage descriptif est-il inséré dans la narration ?
b. À quoi le reconnait-on ?

La description montre au lecteur ce qu'aperçoit le personnage et permet de décrire l'armée. Elle est marquée par le passage à **l'imparfait** (*étaient*, *marchaient*...), par la présence **d'adjectifs** (*longues*, *innombrables*, *humaine*) et de **subordonnées relatives** (*qui marchaient*, *qui coulait*) et par la **comparaison** (*on eût dit*).

Rédaction : Évoquez un lieu de votre enfance qui a représenté pour vous un espace de jeux et de découvertes. Votre texte mêlera description et narration et vous chercherez à faire partager les sensations et les sentiments que vous avez alors éprouvés.

Pondichéry, 2018

De nombreux sujets de rédaction demandent de mêler narration et description. Ici, on doit placer un passage descriptif à l'imparfait soit **avant la narration**, pour planter le décor de la rencontre, soit **plus loin** dans le récit, **après un verbe de perception** (*j'observais*, *je sentais*, *je vis*).

Analyser le point de vue narratif

- À revoir
- OK

42

• Il y a plusieurs façons de raconter une histoire, selon ce que choisit de montrer l'auteur. Il y a trois techniques de focalisation (point de vue).

1 MÉMORISER

a Le point de vue interne

• Le récit est pris en charge par un personnage : tout est vu **à travers lui**. On connait seulement ses pensées et non celles des autres personnages. Le récit est **subjectif** : on raconte selon une certaine **sensibilité**.

Ex. : « Lucien leva les yeux et vit une grande maison, moins mesquine que celles devant lesquelles le régiment avait passé jusque-là ; au milieu d'un grand mur blanc, il y avait une persienne peinte en vert perroquet. » (Stendhal, *Lucien Leuwen*.)

⚠ Attention : Il ne faut pas confondre le point de vue interne avec la narration à la 1re personne. Dans l'exemple, la narration se fait à la 3e personne mais tout est vu selon le point de vue interne de Lucien.

b Le point de vue externe

• Le récit est pris en charge par un narrateur extérieur, qui n'appartient pas à l'histoire. Il s'en tient aux **apparences**. Il est **observateur** de ce qui se passe, rien de plus, sans connaitre les pensées des personnages. Le récit est plus **objectif**.

Ex. : « À dix heures du matin, un voyageur débarqua de l'autocar [...]. On le remarqua d'autant plus qu'il se dirigea sans hésiter vers le Relais d'Alsace, son sac de voyage à la main, et s'assit dans un coin sans demander le moindre renseignement. » (G. Simenon, *Le Relais d'Alsace*.)

• C'est un point de vue **rare** : les pensées des personnages y sont remplacées par de nombreuses **références au regard**.

c Le point de vue omniscient (ou focalisation zéro)

• Le récit est pris en charge par un narrateur omniscient (qui sait tout, partout) : il connait les gestes et les pensées de **tous les personnages**, leur passé et leur avenir. C'est le point de vue le plus couramment utilisé.

• Un narrateur omniscient peut utiliser la **1re** ou la **3e** personne. À nouveau, ne confondez pas **narration** et **point de vue**.

Ex. : « Finalement, sans se dire un mot, ils montèrent à cheval et s'éloignèrent du célèbre fleuve, don Quichotte enseveli dans les pensées de ses amours, Sancho dans celles de sa fortune à faire, qu'il voyait plus éloignée que jamais. » (Cervantès, *Don Quichotte*.)

d Le point de vue au cinéma

● Au cinéma, le point de vue a un **sens un peu différent** et désigne l'**emplacement de la caméra par rapport à ce qui est filmé** :
– selon sa position par rapport à l'objet filmé (**plongée** ou **contre-plongée**) ;
– selon ce qui est montré ou non (le **cadre** et le **hors-champ**) ;
– selon ce qui change quand la caméra bouge (**plans**, **travelling**, etc.) ;
– si la caméra suit le regard d'un personnage (**caméra subjective**).

L'essentiel

Ne confondez pas le point de vue narratif avec son sens plus commun d'*opinion*, d'*idée* : ici, c'est le regard à travers lequel on observe une scène.

2 APPLIQUER AU BREVET

« Les balcons voisins, la rue, je n'avais jamais vu ça d'aussi haut et, au lieu d'avoir peur, les pieds battants au-dessus du gouffre et la tête sous la pluie, je connus un des plus agréables vertiges de mon enfance. » (M. Tremblay, *Bonbons assortis*)

Quel est le point de vue adopté dans ce texte ?

Centres étrangers, 2018

Le point de vue est marqué par des indices de **pensée** mais aussi de **ressenti** : « je n'avais jamais vu », « agréables vertiges ». Ici, le **point de vue interne** reprend les émotions ressenties quand le narrateur était **enfant**.

« Le 26 septembre, quand la tempête baptisée Martin a déferlé sur l'Europe, je venais tout juste d'emménager dans la Jeanne-Marcelle, une sorte de manoir... » (D. Daeninckx, *L'Espoir en contrebande*)

Quel est le point de vue employé dans ce récit ? Pourquoi l'auteur a-t-il choisi ce point de vue ?

Polynésie, 2017

Cette consigne teste votre capacité à justifier un choix d'écriture : ici, pour raconter la tempête, on choisit l'angle du **témoignage** personnel, vécu, intime, et donc **un point de vue interne** marqué par le ***je***, au lieu d'un point de vue omniscient, plus général et plus neutre qui serait celui d'un reportage, par exemple.

Construire et ponctuer un dialogue

À revoir
OK

43

• **Pour insérer un dialogue dans un récit, il faut respecter certaines règles.**

1 MÉMORISER

a Ponctuer et mettre en page

- Des **guillemets** précèdent la première réplique.
- Un **passage à la ligne** et un **tiret** signalent un changement d'interlocuteur.
- Des **guillemets** et un **passage à la ligne** suivent la dernière réplique.

b Introduire les répliques

• Des incises, placées au milieu (entre virgules) ou à la fin de la réplique, précisent l'identité de celui qui parle et la manière dont il s'exprime (voir fiche 44). Elles sont indispensables pour faciliter la lecture.

Ex. : « - Ça s'appelle la révolution, répond José, joyeux.
- Tu me rends folle, dit la mère. » (L. Salvayre, *Pas pleurer*)

⚠ **Attention :** ces incises sont au même temps que le récit qui encadre le dialogue. Ainsi, elles sont au passé simple dans un récit au passé.

• Des verbes de parole indiquent le ton et la manière de parler :

caractéristique	exemples
volume	s'écrier, s'exclamer, lancer, hurler, chuchoter...
articulation	bafouiller, bredouiller...
réaction, émotion	prier, regretter, se plaindre, s'étonner, se moquer...
question et réponse	demander, répondre, rétorquer, répliquer...
dialogue	ajouter, interrompre, affirmer, insister, révéler...

• Des retours au récit constants, entre les répliques, précisent l'attitude et le comportement des interlocuteurs.

Ex. : « Elle le regardait d'un œil irrité, et elle déclara avec impatience :
– Que veux-tu que je me mette sur le dos pour aller là ?
Il n'y avait pas songé ; il balbutia :
– Mais la robe avec laquelle tu vas au théâtre.
Elle me semble très bien, à moi... » (G. de Maupassant, *La Parure*.)

Astuce : dans ces retours au récit très brefs, comme dans les incises, respectez les changements de temps et de personne.

C Éviter quelques erreurs

- Ne répétez pas le **verbe *dire***, grâce à d'autres verbes de parole plus expressifs et surtout plus précis. On peut également préciser ce que fait le personnage en parlant ou indiquer la manière dont il s'exprime.

Ex. : dit-elle en hochant la tête / en relevant ses cheveux / d'une moue boudeuse

- Résumez une **réponse trop longue** à l'aide d'un passage au style indirect (voir fiche 44), sauf s'il s'agit de retranscrire le long discours ou le monologue d'un personnage.
- Évitez de commencer un dialogue par une **interminable série de « Bonjour, ça va ? »**, à résumer en une seule phrase : « Ils se saluèrent. »

L'essentiel

Dans un dialogue, soignez la mise en page et la ponctuation, sans négliger les incises et les verbes de parole variés.

2 APPLIQUER AU BREVET

Rédaction : L'été suivant, lors d'un repas de famille, le père du narrateur interroge à nouveau ses fils sur leurs projets d'avenir. Les deux frères affichent des choix radicalement différents. Imaginez le dialogue animé qui s'ensuit et les réactions des différents personnages présents autour de la table.

Amérique du Sud, 2018

Les suites de dialogue demandent avant tout de **respecter les personnages et le lieu** du texte d'origine. Il faudra ensuite faire alterner le dialogue bien ponctué et les réactions sous forme de **passages narratifs au passé** (vous ne devez pas produire un dialogue simple, sans insertions narratives). Pour la dispute, il faudra la montrer grâce aux **verbes de parole** : *rétorquer, répondre vivement, couper,* etc.

Rédaction : Dans votre quartier, les habitants s'interrogent sur la soudaine fortune d'un voisin. Les rumeurs les plus extravagantes circulent. Imaginez les conversations qui s'ensuivent, jusqu'à ce que la vérité éclate. Vous veillerez à [...] mêler récit et dialogue.

Amérique du Nord, 2019

Dans un dialogue argumentatif, ne commencez pas par des **banalités** comme « Bonjour, ça va ? » qui n'apportent aucune information. Après avoir présenté le cadre et les interlocuteurs, le premier locuteur rapporte une première rumeur. Les autres locuteurs interviennent alors pour marquer leur opposition, proposer leur propre interprétation fantaisiste ou indiquer leur accord. Ne jamais faire de **remplissage** à l'aide de réplique inutiles !

Rapporter les paroles d'un personnage

☐ À revoir
☐ OK

44

• Dans un texte, on peut rapporter ce qu'a dit un personnage en utilisant plusieurs méthodes, plusieurs styles ou discours.

1 MÉMORISER

a Le style direct

• Le narrateur rapporte les paroles comme si elles avaient été prononcées. Elles sont signalées par :

– **les deux-points et les guillemets**, qui marquent la différence entre les paroles du narrateur et celles du personnage ;
Ex. : Il déclara : « Les femmes font d'excellents chefs d'État. »

– **un verbe de parole** (voir fiche 43) situé avant ou inséré après sous forme **d'incise** placée après une virgule, dans laquelle le sujet est inversé ;
Ex. : Les femmes font d'excellents chefs d'État, déclara-t-il.

– **un temps verbal souvent différent** du récit qui l'entoure.

b Le style indirect

• Le narrateur intègre les paroles à son récit. Elles sont signalées par :

– la **disparition des guillemets et des deux-points** ;

– un **verbe de parole** ;

– une **subordonnée** introduite par ***que*** ou un mot interrogatif ;

– des **temps verbaux accordés** ou identiques.
Ex. : Il déclara que les femmes faisaient d'excellents chefs d'État.

c Le style indirect libre

• C'est un style mixte :

– comme dans le style indirect, on **modifie le temps et les pronoms** mais le **verbe de parole disparait**.

– comme dans le style direct, on n'utilise **pas de subordination** et on garde les **ponctuations fortes** et le **vocabulaire** utilisé par le personnage.
Ex. : « Monste tient cependant à prévenir sa mère, laquelle se mit aussitôt à gémir, Dios mío ! rejoindre les sauvages ! quel malheur ! qu'ai-je fait au bon Dieu ? etc. » (L. Salvayre, *Pas pleurer*)

d Le discours narrativisé

- C'est le **résumé** du discours d'autrui, qui comporte les **seuls verbes de parole**.

Ex. : Le maire s'excuse et demande pardon en faisant une déclaration à la presse.

L'essentiel

Pour définir le style de paroles rapportées, portez votre attention sur trois éléments : ponctuation, verbe de parole, temps des verbes.

2 APPLIQUER AU BREVET

« - Monsieur, dit-elle, vous êtes un voyou, un butor et un galopin. » (M. Aymé, *Le Passe-Murailles*)

a. Quelle forme de discours est majoritairement utilisée pour rapporter les paroles des personnages ?
b. Sur quels indices, dans le texte, vous êtes-vous appuyé ?
c. Quel est l'effet produit par ce choix ?

Antilles, 2019

Par « forme de discours », la consigne entend le nom du discours utilisé : ici, l'incise avec le verbe de parole (« dit-elle »), le présent de l'indicatif (« êtes ») et la ponctuation (tirets) marquent le **discours direct**. Celui-ci a toujours un **effet de réel**, et rend plus réaliste, plus vraisemblable ou plus frappante la parole rapportée.

« Andromaque demande à Pyrrhus : «Seigneur, que faites-vous, et que dira la Grèce.» »

Sur votre copie, réécrivez [cette phrase] au discours indirect en mettant le verbe introducteur au passé simple. Vous ferez toutes les modifications nécessaires.

France métropolitaine, 2018

En réécriture, pour transposer le style direct en style indirect, on modifie :
– les **pronoms personnels** et les **déterminants possessifs** (des 1re et 2e personnes à la 3e personne) ;
– les **indices de temps et de lieu** ;
– les **temps** : si le récit est au présent, on ne change rien, s'il est au passé, on modifie en appliquant les règles de **concordance** (ici notamment, le futur simple est remplacé par le conditionnel présent) (voir fiche 18).
Ici, la modification sera : *Andromaque* ***demande*** *à Pyrrhus ce qu'il* ***faisait*** *et ce que* ***dirait*** *la Grèce*

Choisir un niveau de langue

À revoir
OK

45

● On adapte ce qu'on dit ou écrit à un destinataire, un lieu, un moment, c'est-à-dire à une situation d'énonciation. La syntaxe et le vocabulaire sont variables : un seul et même message peut être formulé selon trois niveaux de langue différents.

1 MÉMORISER

a Le niveau familier

Ex. : C'est qui qui m'a piqué mon stylo ?

● On l'utilise à l'oral, en particulier avec des proches. Utilisé à l'écrit, il indique un style oral et expressif ou la volonté de marquer le lecteur.

● Ses caractéristiques :

– **lexique** familier ou argotique : *bahut, se tirer, paumé...*

– termes propres à l'**oral** : interjections (*Hein, Oh...*) et formules fixes (*Bon, eh bien, quoi...*) ;

– **abréviations** : *télé, ciné, t'es beau...*

– utilisation du **tutoiement** et du *on* à la place du *nous* ;

– phrase interrogative **sans inversion** du sujet : *Tu viens ?*

– **ruptures** de construction, tournures incorrectes, absence de négation : *Où que ça se trouve ? Je sais pas.*

b Le niveau courant

Ex. : Qui est-ce qui m'a volé mon stylo ?

● C'est l'usage le plus commun et le plus simple de la langue. C'est par exemple celui des devoirs scolaires ou du journal télévisé.

● Ses caractéristiques :

– **lexique** courant : *collège, partir, perdu...*

– phrases interrogatives du type : *Est-ce que tu viens ? Qui est-ce qui est là ?*

– phrases à la **structure correcte** : *Je ne sais pas.*

⚠ **Attention :** en rédaction, n'oubliez pas la négation *ne* avant le verbe.

C Le niveau soutenu

Ex. : Qui m'a subtilisé mon stylo ?

- On le trouve à l'écrit ou dans des **situations officielles**.
- Ses caractéristiques :

– **lexique** plus recherché et rare : *établissement, se retirer, égarer...*
– vouvoiement et formules de **politesse** élaborées : *Auriez-vous l'obligeance de... ?*
– phrases à la structure **complexe** ;
– phrases interrogatives avec **inversion** du sujet : *Viens-tu ?*
– emploi de **temps plus rares**, comme l'imparfait du subjonctif : *Quoi qu'il fît, il réussissait toujours.*

L'essentiel

Pour adapter ce que vous voulez dire à la situation et à l'interlocuteur, changez de niveau de langue (familier, courant, soutenu).

2 APPLIQUER AU BREVET

« R'garde si c'est beau, Michel ! [...] Garde pas les yeux fermés comme ça... Ouvre-les. Pis regarde ça... » (M. Tremblay, *Bonbons assortis*)

a. Quel est le niveau de langue utilisé dans le dialogue ? Relevez deux exemples et expliquez en quoi ils relèvent de ce niveau de langue.
b. Comment expliquez-vous l'emploi de ce niveau de la langue par le père ?

Centres étrangers, 2018

Dans ce genre de consignes, « expliquer » revient à **nommer les phénomènes grammaticaux et lexicaux** : ici, le niveau familier est marqué par une erreur de syntaxe (« regarder si »), un oubli de négation (« garde pas »), des abréviations qui rappellent la prononciation orale (« r'garde », « pis »). L'emploi du familier peut s'expliquer par le **contexte social** ou l'**émotion** du personnage.

« Un vrai oiseau une authentique joie ça va où / Nous serons bien avancés quand j'aurai posé pour moi cette question waouh. » (V. Rouzeau, *Va où*)

Relevez deux expressions relevant de la langue orale plutôt que de la langue écrite et justifiez votre réponse.

Antilles , Guyane, 2018

Pour ce genre de questions, la justification doit passer par la dénomination exacte des **procédés** : ici, l'interjection « waouh » et la phrase interrogative familière « ça va où » marquent l'oralité du poème.

Exprimer une émotion ou un sentiment

☐ À revoir
☐ OK

46

1 MÉMORISER

a Les procédés lexicaux

• Montrer ce qui est visible en évoquant des **réactions physiques** qui traduisent l'émotion intérieure : *rougeur, tremblements, pâleur, maux de ventre, bégaiement, mutisme...*

Ex. : « Il se leva de nouveau, les mains humides de sueur et le sang battant aux tempes. » (G. de Maupassant, *Bel-Ami*.)

⚠ **Attention :** Quand le narrateur n'est pas omniscient, évoquer la réaction physique visible d'un personnage est le seul moyen de traduire son émotion.

• Évoquer ce qui n'est pas visible avec un **vocabulaire plus abstrait** :
– verbes : *ressentir, sembler, souffrir, avoir honte, jubiler, s'enthousiasmer...*
– noms : *angoisse, émotion, choc, tourment...*
– adjectifs : *troublé, navré, ému, excité...*

Ex. : « Une angoisse effroyable me tenaillait le cœur ; chaque minute qui s'écoulait me semblait une seconde et un siècle. » (T. Gautier, *La Morte amoureuse*.)

• Varier les degrés d'intensité à l'aide de **synonymes**.

Ex. : amour : admiration, tendresse, affection, passion, adulation...
haine : colère, agressivité, exaspération, courroux...

• Employer des comparaisons et des métaphores qui évoquent une émotion ou une sensation.

Ex. : « J'éprouvais la sensation d'un aveugle qui recouvrerait subitement la vue. » (T. Gautier, *La Morte amoureuse*.)

b Les procédés syntaxiques

• Utiliser des phrases brèves et juxtaposées (voir fiche 35).

Ex. : « Je m'agite, je cours, languissante, abattue,
La force m'abandonne, et le repos me tue. » (J. Racine, *Bérénice*.)

• Utiliser des phrases interrogatives ou exclamatives (voir fiche 33).

Ex. : « Sylvie [...] si vive et si fraîche, avec ses yeux noirs, son profil égulier et sa peau légèrement hâlée ! » (G. de Nerval, *Sylvie*.)

• Utiliser des subordonnées de conséquence (voir fiche 38).

Ex. : Elle était si émue qu'elle balbutia.

L'essentiel

Pour « traduire » une émotion dans une phrase, modifiez la structure de la phrase, ajoutez des précisions ou utilisez des mots plus intenses..

2 APPLIQUER AU BREVET

« Et pourtant, pendant tout son récit, elle ne s'était pas départie de la pleine dignité de ceux que la vie gifle sans raison et qui restent debout. [...] Il était bouleversé... » (L. Gaudé, *Eldorado*)

Pourquoi le commandant Piracci est-il bouleversé par le récit de la femme ? Développez votre réponse en vous appuyant précisément sur le texte.

Polynésie française, 2019

Les questions sur les motivations ou la raison des émotions des personnages sont nombreuses. Pour cela, il faut **repérer la mention de l'émotion** en question (« bouleversé »), puis **remonter dans le texte** pour analyser ses causes : ici, outre la compassion, on remarque une admiration pour la « dignité » de la femme.

Rédaction : Kate rentre seule à Globalia. Imaginez la situation qui lui ouvre les yeux, l'amenant à considérer Globalia comme une prison et à partager le point de vue de Baïkal sur ce monde. [...] Vous intégrerez dans votre récit les pensées et les sentiments de Kate.

Centres étrangers, 2019

Dans ce sujet d'imagination, il faudra veiller à montrer la **progressivité** de la prise de conscience mais aussi la **violence** de ce changement pour Kate. Il faut veiller à rendre **réalistes et plausibles** les réactions des personnages ! On peut également insister sur les **manifestations physiques** de l'émotion, qui rendent visible l'état intérieur du personnage.

« Ah ! saperlotte, ah ! c'est toi, balbutiait Quenu, si je m'attendais, par exemple !... Je t'ai cru mort, je le disais hier encore à Lisa. » (É. Zola, *Le Ventre de Paris.*)

Faites les remarques nécessaires sur les procédés utilisés pour traduire l'émotion du personnage.

Les consignes sur les « remarques nécessaires » sont très difficiles : elles demandent de mobiliser toutes vos connaissances grammaticales pour observer les mots utilisés (**lexique**) mais aussi la structure des phrases (**syntaxe**).
Ici, on traduit l'émotion par le verbe de parole *balbutier* : le personnage bafouille d'émotion. De plus, il multiplie les interjections (*Ah !*), un juron (*saperlotte*) et de courtes propositions juxtaposées : il est incapable de parler plus longuement. Enfin, des phrases nominales de type exclamatif (*par exemple !*) traduisent sa surprise.

Partager son accord ou son désaccord

À revoir
OK

47

• L'opinion est un avis personnel suivi d'arguments. Pour l'exprimer, on utilise : divers outils pour marquer l'accord ou le désaccord.

1 MÉMORISER

a L'opinion explicite

des **locutions adverbiales**	selon / d'après moi, à mon sens / avis, pour ma part, à mon point de vue, personnellement…
des verbes d'opinion	estimer, penser, constater, considérer, croire, trouver…
des locutions verbales	je suis d'avis que, j'ai l'impression que, je reste convaincu que, il me semble…

b Comment exprimer l'accord ou l'opinion favorable ?

des **adverbes**	exactement, évidemment, absolument, effectivement…
des **locutions adverbiales**	en effet, bien sûr, tout à fait…
des **verbes**	approuver, soutenir, adhérer à, apprécier…
des **locutions verbales**	je suis pour / en faveur de, je me prononce pour, je suis favorable à, je suis de l'avis de / du côté de, je souscris aux idées de, je partage votre analyse / point de vue / propos, il est vrai que…

c Comment exprimer le désaccord ou l'opinion défavorable ?

des **verbes**	rejeter, nier, dénier, refuser, réfuter, récuser, déplorer, condamner, désapprouver, regretter…
des **locutions verbales**	je manifeste mon désaccord, je ne suis pas d'accord avec, je m'inscris en faux face à, je ne souscris pas aux idées de, je m'élève / m'insurge contre, je m'oppose à, je suis hostile / défavorable / opposé à, nos opinions divergent…

d Le degré d'accord et de désaccord

- Pour un accord ou un désaccord total, on emploie des **adverbes** immédiatement après le verbe.

Ex. : totalement, entièrement, tout à fait, parfaitement, foncièrement, absolument, radicalement, pleinement, fermement...

- Pour un accord partiel, on utilise des **adverbes** ou **des locutions adverbiales**.

Ex. : à peu près, partiellement, en partie, globalement, en gros...

- Pour un accord plus nuancé et réservé ou un désaccord se voulant **aimable et poli**, on peut débuter sa réponse par plusieurs **expressions**.

Ex. : C'est bien possible. Toutefois... ; Je (ne) suis (qu')en partie d'accord ; Admettons, mais... ; Ce n'est pas si simple. En effet... ; Certes, mais... ; Oui, mais d'après moi, c'est plutôt...

L'essentiel

Une opinion peut être défavorable ou favorable, un accord partiel ou total. Des verbes, des locutions, des adverbes permettent d'exprimer toutes ces nuances.

2 APPLIQUER AU BREVET

Rédaction : « Jeunes gens, prenez garde aux choses que vous dites. » (V. Hugo, *Toute la lyre*) Selon vous, faut-il redouter ou même désirer le pouvoir de la parole ?

Amérique du Nord, 2019

En rédaction, dans ce sujet de réflexion, il faut **varier les procédés** afin d'introduire chaque argument : les locutions (*d'après eux, selon leur point de vue*), les verbes (*certains estiment, d'autres considèrent*), les locutions verbales (*les uns sont convaincus que...*).

Afin de bien marquer les différences, on pourra également utiliser des **connecteurs d'opposition** (*en revanche, cependant, mais, au contraire, tandis que, alors que*).

Rédaction : Le commandant Piracci refuse de donner une arme à la jeune femme. Imaginez ce qu'il lui dit, en prenant soin de développer son discours. La jeune femme peut éventuellement prendre la parole.

Polynésie, 2019

Ce sujet d'imagination mêle **narration** et **argumentation** dans un **dialogue** argumentatif. C'est un classique du brevet. Il s'agit de bien marquer le désaccord de la femme après chaque argument du capitaine. Attention, il faut être stratégique afin de persuader son interlocutrice, le marin pourra changer de **stratégie** et passer de l'opposition nette (*je désapprouve totalement...*) à un faux accord pour mieux lui faire entendre raison (*Admettons que vous ayez raison...*).

Utiliser des modalisateurs

À revoir
OK

48

● Les modalisateurs sont les éléments utilisés pour nuancer son propos ou montrer qu'on n'en est pas sûr (doute, incertitude) ou, au contraire, pour affirmer avec force un propos ou montrer qu'on en est sûr (certitude, conviction). L'énoncé n'est alors plus neutre ou objectif, mais marqué par une certaine subjectivité.

1 MÉMORISER

a Exprimer le doute ou la prudence

moyen	exemples
verbes d'opinion	je pense, crois, doute, suppose, espère, imagine, présume, soupçonne que…
tournures impersonnelles	il se peut, il (me) semble, il doit…
adjectifs	(il est) douteux, incertain, vraisemblable, probable, possible, envisageable…
adverbes	certainement, sans doute, probablement, vraisemblablement, apparemment, peut-être…

b Exprimer la certitude ou la conviction

moyen	exemples
verbes d'opinion	je sais, t'assure, affirme, certifie…
locutions verbales	je suis convaincu / persuadé / sûr / certain que, j'ai la certitude / la conviction que…
tournures impersonnelles	il est sûr, il apparait que…
adjectifs	(il est) sûr, certain, inévitable, clair, évident…
adverbes	assurément, forcément, réellement…

C Utiliser d'autres procédés de modalisation

- Les temps et modes verbaux peuvent marquer l'incertitude : le **conditionnel** et le **futur antérieur**. (voir fiche 12)

Ex. : Elle se serait cassé un bras. Il se sera perdu.

- Les types et formes de phrases (voir fiche 33) peuvent également marquer le doute (phrase **interrogative**) ou la certitude (phrases **exclamative** et **injonctive**).

Ex. : Peut-être devrais-je partir ? Non, je refuse de partir !

- Enfin, on peut utiliser des expressions variées.

Ex. : à coup sûr, sans aucun doute, de toute évidence, selon toute vraisemblance, à ce qu'on dit, selon moi / elle, d'après moi / lui, à ma connaissance...

L'essentiel

Les modalisateurs (verbes, adverbes, locutions, adjectifs) permettent d'indiquer qu'on est certain ou, au contraire, que l'on doute de ce que l'on dit.

2 APPLIQUER AU BREVET

Rédaction : La jeune fille annonce sa décision finale à Vladimir. Elle a pris en compte les remarques de sa grand-mère pour choisir ou non de se marier. Imaginez le dialogue des deux jeunes gens et les réactions qu'il suscite.

Amérique du Nord, 2017

Dans les sujets d'imagination, on demande souvent d'inventer un **dialogue argumentatif** entre les personnages du texte de la première partie. Afin de marquer leurs **convictions** fortes ou, au contraire, leurs **hésitations** et leurs doutes, on devra bien sûr utiliser des modalisateurs. Si l'un des personnages se laisse convaincre par l'autre, on peut les varier et passer de la certitude à une opinion plus prudente et nuancée.

« J'aurais peut-être pu m'évader si l'on m'y avait laissé [à l'infirmerie]. Ces médecins, ces sœurs de charité, semblaient prendre intérêt à moi. [...] On eût dit qu'ils me plaignaient, tant ils étaient empressés autour de mon chevet. » (V. Hugo, *Le Dernier Jour d'un condamné*.)

Dans le texte, par quels moyens le narrateur exprime-t-il le doute ?

Toute consigne comprenant le terme « moyens » attend une réponse émaillée de **termes grammaticaux et lexicaux précis**. Ici, les moyens pour exprimer le doute sont les modalisateurs suivants : l'adverbe *peut-être*, l'emploi du conditionnel passé *aurais pu*, le verbe *sembler* ainsi que la locution *On eût dit*.

Mettre en valeur une idée ou un mot

- À revoir
- OK

49

• Afin de donner plus d'impact à un argument ou pour rendre un récit plus expressif, on peut choisir de mettre en valeur une idée ou un mot.

1 MÉMORISER

a La forme emphatique

• Elle modifie l'ordre classique des mots dans la phrase et place l'élément mis en valeur en début de phrase grâce à trois procédés :

– **l'emploi d'un présentatif** : *il y a, c'est, voilà, voici, quant à...*
Ex. : Voici venu l'hiver. (*forme neutre :* L'hiver est venu.)

– **l'emploi de la tournure** *C'est... qui, C'est... que.*
Ex. : C'est moi qui ai sonné ! (*forme neutre :* J'ai sonné.)

⚠ **Attention :** il faut accorder le verbe au pluriel : *Ce sont ses chevaux.*

– **le détachement et la reprise** d'un mot ou d'un groupe de mots : on place celui-ci en début de phrase, précédé d'un déterminant démonstratif ou défini, puis on le reprend sous forme de pronom.
Ex. : Ce gâteau, il a l'air bon et je le mangerais bien.

b Les autres formes et procédés

• La forme passive (voir fiche 34) met en avant le résultat ou l'objet de l'action, notamment dans les discours explicatifs.

• La forme impersonnelle met en avant un phénomène et efface les marques de subjectivité. On l'utilise avec :
– des verbes météorologiques (*il pleut, il neige*) ;
– des verbes d'opinion ou d'obligation (*il parait, il se dit, il faut, il est évident...*) ;
– la structure *il y a.*

• La répétition d'un mot.
Ex. : « La mer, la mer, toujours recommencée. » (P. Valéry)

• La phrase non verbale et la forme exclamative (voir fiche 33).
Ex. : « Ô les belles, les sublimes ruines ! » (D. Diderot)

• Certaines figures de style (voir fiche 23).
Ex. : « Paris ! Paris outragé ! Paris brisé ! Paris martyrisé ! Mais Paris libéré ! » (Ch. de Gaulle)

L'essentiel

Une idée ou un mot sont mis en valeur par divers procédés, dont le plus courant est la forme emphatique.

2 APPLIQUER AU BREVET

« Ce furent d'autres paroles. Elles s'élevaient du tréfonds. [...] Oubliant ses jongleries, il laissait monter cette voix du dedans. Cette voix âpre, cette voix nue qui, pour l'instant, recouvrait toutes les autres voies. » (A. Chédid, *L'Enfant multiple*)

Comment le texte met-il en valeur la parole d'Omar-Jo ? Vous justifierez votre réponse en vous appuyant sur un relevé précis que vous interpréterez.

France métropolitaine, 2018

Les questions de « **mise en valeur** » imposent des relevés de **procédés grammaticaux et lexicaux**. Ici, les adjectifs (« âpre », « nue »), les compléments (« du tréfonds », « du dedans ») qualifient cette voix venue de l'intérieur. Les verbes de mouvement (« s'élever » et « monter ») insistent sur cette ampleur nouvelle. Enfin, la phrase non-verbale met en valeur la seule voix.

« Et c'est à vous, monsieur le Président, que je la crierai, cette vérité, de toute la force de ma révolte d'honnête homme. [...] Et à qui donc dénoncerai-je la tourbe malfaisante des vrais coupables, si ce n'est à vous, le premier magistrat du pays ? » (É. Zola, *« J'accuse ! »*)

Comment l'auteur traduit-il sa force de conviction ?

Dans les consignes, « traduire » signifie **utiliser des procédés syntaxiques et lexicaux** pour mettre en valeur un sentiment ou une idée. Ici, pour montrer la force de son propos, Zola utilise le **présentatif** *c'est* pour s'adresser au président, la forme **emphatique** pour mettre en valeur l'expression *cette vérité*, isolée entre virgules, ainsi que la forme **interrogative**.

« Je dévorerai la terre du front. Faisant reculer l'ennemi. Semant la panique dans ses rangs [...]. Je serai un ogre et rien ne pourra rassasier ma faim. » (L. Gaudé, *Cris*)

Quelle figure de style relevez-vous ? Comment met-elle en valeur la métamorphose du personnage ?

Asie, 2018

Toute figure de style est une mise en valeur et cherche à provoquer un **effet** particulier. Ici, la **métaphore filée** de la faim d'ogre (« dévorerai », « ogre », « faim ») met en valeur la faim de victoire et la volonté surhumaine du personnage.

COMPRÉHENSION DE TEXTE

1 Comment appelle-t-on un retour en arrière dans un récit ?

- ☐ a. une prolepse
- ☐ b. une analepse
- ☐ c. un sommaire

**2 Quel procédé narratif est utilisé dans cette citation ?
« *Il a demandé une heure et, en quarante minutes, les deux tracés sont achevés, face et revers* » (M. Énard)**

- ☐ a. une ellipse
- ☐ b. une scène
- ☐ c. un flash-back

3 Comment pourrait-on qualifier cet extrait ? « *Oui, c'est bien ça, il portait une sorte de blazer. Bleu. À rayures blanches. Un pantalon du même bleu il portait aussi, mais uni.* » (M. Duras)

- ☐ a. un texte descriptif
- ☐ b. un texte narratif
- ☐ c. un texte explicatif

4 Si un narrateur connaît les actions et les pensées de tous les personnages, quel est le point de vue adopté ?

- ☐ a. interne
- ☐ b. externe
- ☐ c. omniscient

5 « *Oui, Monsieur, fit-il d'un air résigné. Entrez donc.* » Dans cette phrase, comment appelle-t-on la partie soulignée ?

- ☐ a. une insertion
- ☐ b. une incise
- ☐ c. une reprise narrative

6 Comment est retranscrite cette parole rapportée ? « *Il lui dit que le chapeau lui va bien, très bien même, que c'est ... original ... un chapeau d'homme, pourquoi pas ? elle est si jolie, elle peut tout se permettre* » (M. Duras)

- ☐ a. au discours indirect
- ☐ b. au discours indirect
- ☐ c. au discours indirect libre

7 Quels mots permettent de nuancer un propos et de montrer ses doutes ?

- ☐ a. des focalisations
- ☐ b. des modalisateurs
- ☐ c. des subjectivités

8 Comment la phrase suivante est-elle construite ?« *Ce gâteau, c'est moi qui l'a confectionné !* »

- ☐ a. à la forme emphatique
- ☐ b. à la forme impersonnelle
- ☐ c. à la forme

Corrigés au verso

Corrigés

1 Comment appelle-t-on un retour en arrière dans un récit ?

> **b.** *une analepse* : on l'appelle également « flash-back ».

Voir **Fiche 40**

2 Quel procédé narratif est utilisé dans cette citation ? « *Il a demandé une heure et, en quarante minutes, les deux tracés sont achevés, face et revers* » (M. Énard)

> **a.** *une ellipse* : on ne raconte pas la fabrication des tracés.

Voir **Fiche 40**

3 Comment pourrait-on qualifier cet extrait ? « *Oui, c'est bien ça, il portait une sorte de blazer. Bleu. À rayures blanches. Un pantalon du même bleu il portait aussi, mais uni.* » (M. Duras)

> **a.** *descriptif* : les adjectifs indiquent qu'on se focalise sur l'apparence. Une explication serait de l'ordre du mode d'emploi ou de la notice.

Voir **Fiche 41**

4 Si un narrateur connaît les actions et les pensées de tous les personnages, quel est le point de vue adopté ?

> **c.** *omniscient* : en interne, on se focalise sur un seul personnage.

Voir **Fiche 42**

5 « *Oui, Monsieur, <u>fit-il d'un air résigné</u>. Entrez donc.* » Dans cette phrase, comment appelle-t-on la partie soulignée ?

> **b.** *une incise* : c'est une précision par le narrateur dans le dialogue.

Voir **Fiche 43**

6 Comment est retranscrite cette parole rapportée ? « *Il lui dit que le chapeau lui va bien, très bien même, que c'est ... original ... un chapeau d'homme, pourquoi pas ? elle est si jolie, elle peut tout se permettre* » (M. Duras)

> **c.** *au discours indirect libre* : c'est un discours hybride, indirect (« il lui dit que ») mais qui porte des traces de citation directe (« pourquoi pas »).

Voir **Fiche 44**

7 Quels mots permettent de nuancer un propos et de montrer ses doutes ?

> **b.** *des modalisateurs* : les deux autres mots ne sont pas des mots d'analyse du discours. La modalisation porte souvent sur un verbe (je *crois*).

Voir **Fiche 48**

8 Comment la phrase suivante est-elle construite ?« *Ce gâteau, c'est moi qui l'a confectionné !* «

> **a.** à la forme emphatique : on la reconnaît grâce à la tournure présentative « c'est moi » et par le détachement de « ce gâteau » en début de phrase.

Voir **Fiche 49**

Les genres littéraires

À revoir
OK

50

Un genre rassemble des œuvres de même forme et même structure et ayant les mêmes caractéristiques. Un genre se divise souvent en sous-genres.

1 MÉMORISER

a Le roman

- Le roman d'analyse **(de mœurs ou social)** observe des personnages dans une vie quotidienne vraisemblable. Le roman réaliste (et naturaliste) en fait partie.

Ex. : « Du haut en bas, les logements trop petits crevaient au-dehors, lâchaient des bouts de leur misère par toutes les fentes. » (É. Zola, *L'Assommoir*)

- Le roman psychologique **(ou du moi)** insiste sur les états d'âme, les sentiments et les remises en question des personnages.

Ex. : « Elle [...] se mit à regarder ce portrait avec une attention et une rêverie que la passion seule peut donner. » (Mme de la Fayette, *La Princesse de Clèves*)

- Le roman d'apprentissage raconte l'éducation et le passage à l'âge adulte du héros. Le héros ou l'héroïne y découvre souvent l'amour, la mort, la haine, l'autre.

Ex. : « Pour la première fois, seule, à dix-sept ans, elle irait à la découverte d'une grande ville coloniale. » (M. Duras, *Barrage contre le Pacifique*)

- Le roman épistolaire prend la forme d'un échange de lettres entre plusieurs personnages. Il est centré sur leurs visions des évènements.

Ex. : « Cher vieux Max, tu as certainement entendu parler de ce qui se passe ici, et je suppose que cela t'intéresse. » (K. Taylor, *Inconnu à cette adresse*)

- Le roman sentimental raconte la naissance et le destin d'une passion amoureuse difficile, voire dramatique.

Ex. : « C'était elle, l'inattendue et l'attendue, aussitôt élue en ce soir de destin, élue au premier battement. » (A. Cohen, *Belle du Seigneur*)

- Le roman de science-fiction est un récit d'aventures situé dans le futur ou dans un monde bouleversé par des avancées techniques et scientifiques.

Ex. : « Personne ne reconnaitrait en lui le robot, né quelques jours avant à l'usine. Pour tous, il serait un homme. » (D. Santos, *Gabriel, histoire d'un robot*)

- Le roman merveilleux (ou **fantasy**) se déroule dans un monde d'inspiration médiévale mais dont les créatures et les lois sont différentes.

Ex. : « Le Balrog recula, et son épée vola en éclats confus. Sur le pont, le magicien chancela. » (J.R.R. Tolkien, *Le Seigneur des Anneaux*)

- Le roman fantastique raconte l'intrusion de faits étranges et mystérieux dans un récit réaliste. Le narrateur croit devenir fou ou rêver.

Ex. : Je tirai ma montre. [...] Elle était arrêtée. Plus rien, plus rien, plus un frisson dans la ville, pas une lueur » (G. de Maupassant, *La Nuit*)

- Le roman d'aventures plonge les personnages dans un monde hostile où ils subissent des épreuves et affrontent des dangers, souvent lors d'un voyage.

Ex. : « Isolé, presque à bout de vivres et de munitions, qu'allait-il devenir dans ce pays inconnu ? » (J. Verne, *L'Étoile du Sud*)

- Le roman policier **(ou polar)** est centré sur une enquête et dévoile peu à peu les éléments de l'énigme. Le héros est souvent policier ou détective.

Ex. : « La porte était fermée et la chaînette mise à l'intérieur, répéta Poirot. Ne s'agirait-il point d'un suicide ? » (A. Christie, *Le Crime de l'Orient-Express*)

- Le roman historique a pour cadre un évènement passé ou une période historique. C'est un récit d'aventures vraisemblable et documenté.

Ex. : « Les cuisines d'Hamilcar n'étant pas suffisantes, le Conseil leur avait envoyé des esclaves, de la vaisselle, des lits. » (G. Flaubert, *Salammbô*)

b Les autres genres

- La **nouvelle** est une narration courte au dénouement souvent surprenant.
- Le **conte** est un court récit imaginaire (merveilleux ou philosophique).

L'essentiel

Au brevet, n'oubliez pas de préciser le sous-genre de l'œuvre romanesque (historique, policier, science-fiction, etc.).

- L'**épopée** est le récit en vers d'exploits légendaires d'un héros.
- L'**autobiographie** est le récit écrit de la vie d'un auteur (voir fiche 51).
- La **littérature d'idées** développe une opinion (voir fiche 52).
- Le **théâtre** est un texte écrit pour être représenté sur scène (voir fiche 53).
- La **poésie** est un texte en vers ou en prose rythmée (voir fiche 54).

2 APPLIQUER AU BREVET

« Je ne dormirai plus. Je ne mangerai plus. Je ne m'arrêterai que quand la guerre sera gagnée. » (L. Gaudé, *Cris*)

Quelles sont les différentes caractéristiques du héros dans ce texte ?

Asie, 2018

Ce genre de consigne est l'occasion de montrer ses **connaissances littéraires** : on peut ici rapprocher le narrateur d'un **héros d'épopée**, infatigable et quasi surhumain, comme Roland, Gilgamesh, Hector ou Achille.

Rédaction : Rédigez le journal de bord de Villegagnon [le héros du texte] : il raconte l'arrivée de son équipage sur les côtes brésiliennes et leurs premières explorations dans ce nouveau monde.

Asie, 2019

Certains sujets d'imagination indiquent implicitement le **genre littéraire** à respecter : ici, le journal de bord sera un mélange entre autobiographie et récit de voyage ou d'aventures. À chaque genre, correspond un **lexique** approprié : ici, le danger, l'exotisme, la curiosité.

L'écriture de soi

☐ À revoir
☐ OK

51

● **Quand l'écriture devient le moyen de raconter ses propres expériences et sa vie, on parle d'écriture de soi. Ce genre comprend l'autobiographie.**

1 MÉMORISER

a Les enjeux de l'écriture de soi

● L'**auteur ou l'autrice, le narrateur et le personnage principal** sont une même personne : c'est un texte autobiographique où l'auteur écrit et raconte (*graph-* en grec) lui-même (*auto-*) sa vie (*bio-*).

● L'auteur **raconte après coup** des évènements, même infimes, qui ont marqué sa vie : c'est un récit rétrospectif où on analyse et observe (*spect-* en latin) en arrière, vers le passé (*rétro-*).

● L'auteur **analyse sa vie intérieure** et observe ses émotions et sentiments : c'est un récit introspectif où on analyse et observe (*spect-* en latin) son intériorité, son intimité (*intra-*).

Ex. : « Enfant, quand je m'efforçais de m'exprimer dans un langage châtié, j'avais l'impression de me jeter dans le vide. » (A. Ernaux, *La Place*)

● Un pacte autobiographique est engagé : l'auteur s'engage à être sincère et au plus près de la vérité. En retour, le lecteur s'engage à y croire.

Ex. : « C'est ici un livre de bonne foi, lecteur. [...] Je veux qu'on m'y voie en ma façon simple, naturelle et ordinaire, sans contention ni artifice : car c'est moi que je peins. » (M. de Montaigne, *Essais*)

● **Les objectifs de ce récit** sont divers : laisser un témoignage pour la postérité, se glorifier, réhabiliter sa propre personne, se justifier d'un choix, se libérer du poids de traumatismes, mieux se connaitre soi-même, etc.

b Les divers genres

● L'autobiographie est le genre le plus courant de l'écriture de soi.

● Le journal intime est un récit de vie au jour le jour, de manière régulière. Le journal lui-même devient le destinataire de cet écrit (« Cher journal »).

● Les mémoires sont écrits par un individu ayant eu un grand rôle historique ou dont la vie est révélatrice d'un moment historique important.

● Le roman autobiographique reprend des éléments réels mais l'auteur transforme les noms et modifie certains évènements.

● L'essai est une œuvre de réflexion personnelle et subjective. L'essayiste n'y prétend pas à l'objectivité mais donne un avis personnel sur un sujet de société.

● L'autoportrait est la représentation artistique de soi-même en peinture, photographie ou vidéo.

C Les indices de reconnaissance de l'écriture de soi

- Les pronoms personnels et déterminants possessifs de 1re personne : *je, moi, me ; ma, mon, mes, notre.*

Ex. : « J'étais en troisième [...] et à la sortie je me faisais taxer. Tout y passait ! Ma casquette, mon blouson. » (P. Smaïl, *Vivre me tue*)

- Le champ lexical de la mémoire : *se souvenir, se remémorer, revenir en mémoire, raviver, s'estomper, souvenir net ou flou, mémorable ou oublié...*
- Les modalisateurs pour montrer que l'on cherche à se souvenir d'un passé lointain : *peut-être, il me semble, je crois, sûrement...*
- Les temps du récit au passé, souvent le passé simple et l'imparfait, qui renvoient à l'époque du souvenir.
- Le présent de l'indicatif qui renvoie aux émotions ressenties pendant la rédaction du texte ou aux informations apprises après coup par l'auteur.

Ex. : « Ce qu'il advint des autres, femmes, enfants, vieillards, il nous fut impossible alors de le savoir [...] Aujourd'hui nous savons que ce tri rapide et sommaire avait servi à juger... » (P. Lévi, *Si c'est un homme*)

L'essentiel

Repérez l'autobiographie à l'identité entre auteur, narrateur et personnage, pas seulement grâce à la narration à la 1re personne.

2 APPLIQUER AU BREVET

Rédaction : Comme [l'auteur], vous retournez dans un lieu qui a marqué votre enfance. Vous décrirez les transformations qui ont modifié cet endroit et les souvenirs qui surgissent alors. Vous insisterez sur les sentiments et les sensations associés à ces souvenirs.

Amérique du Nord, 2018

Les sujets d'imagination demandent parfois un **récit autobiographique**. Ici, il faudra bien veiller à un **va-et-vient** constant entre **deux époques**, passé du souvenir et présent de l'écriture. Il faudra veiller à créer, avant de se lancer dans l'écriture, une **banque de mots** au sujet des sentiments et des sensations.

« Trois mois que nous sommes mariés, nous retournons à la fac, je donne des cours de latin. » (A. Ernaux, *La femme gelée*)

À quelle personne le texte est-il rédigé ? Quelle indication cela vous donne-t-il sur le genre du texte ?

Polynésie française, 2017

La première personne laisse penser à une **autobiographie**. On peut montrer dans sa réponse une certaine **prudence** : « Ce texte pourrait être une autobiographie. Annie Ernaux, raconterait ses propres souvenirs et serait donc la femme gelée du titre. » Attention cependant à ne pas faire du *je* le signe d'une autobiographie : un personnage absolument **fictionnel** peut faire intervenir un récit de vie.

Le texte argumentatif et la littérature d'idées

À revoir
OK

52

• L'objectif d'un texte argumentatif est de convaincre ou de persuader un destinataire, de justifier et partager une opinion, ou de dénoncer les travers d'une société.

1 MÉMORISER

a L'analyse du schéma argumentatif

• On peut convaincre par la raison et des arguments ou persuader en touchant le lecteur par ses sentiments et son affectivité.

• Le texte est souvent organisé autour d'une thèse (opinion), étayée par des **arguments** (preuves) eux-mêmes illustrés par des **exemples** concrets.

La non-violence semble le contraire même du courage, alors qu'elle exige plus de courage que n'en requiert la violence.	Thèse
D'abord parce que nous avons des tendances à l'agressivité et que la violence satisfait en nous bien des désirs viscéraux.	Argument 1
Ensuite parce que la violence entraîne une pluie de médailles et l'estime de tous. La violence, hélas, c'est très flatteur.	Argument 2
Les héros des films de violence plaisent au public et séduisent les femmes et les jeunes. Ce sont des « héros » au sens propre du mot.	Exemple

(Gilbert Cesbron, *De la non-violence*)

b Les indices de reconnaissance du texte argumentatif

• Les pronoms personnels *je, tu* et *vous* pour impliquer le destinataire.

Ex. : « Les travaux ménagers [...] que la mère n'hésite pas à imposer à l'étudiante, à l'apprentie, achèvent de la surmener. J'ai vu pendant la guerre des élèves que je préparais [...] accablées par les tâches familiales qui se surajoutaient à leur travail scolaire. » (S. de Beauvoir, *Le Deuxième sexe*).

• Les modalisateurs pour indiquer un doute ou une certitude : *je pense que, j'affirme, il me semble, à mon avis, à coup sûr...* (voir fiche 48).

• Les phrases injonctives et interrogatives pour s'adresser directement au lecteur ou montrer la vivacité du débat entre personnages (voir fiche 33).

• Les connecteurs logiques pour lier les éléments de réflexion (voir fiches 24, 37 et 38).

• Un vocabulaire très subjectif impliquant un jugement de valeur sur la société ou une personne.

• Des verbes et des locutions verbales d'opinion : *j'estime, j'approuve, je suis favorable à / je m'oppose à, je réfute, je m'insurge contre...* (voir fiche 47).

C Les genres de la littérature d'idées

- Le discours est prononcé oralement devant un groupe : il est structuré et cherche à émouvoir et à frapper le public.
- L'essai est une réflexion de forme libre, marquée par sa subjectivité.
- Le pamphlet, court texte polémique, attaque de manière très virulente une personne ou une opinion ou un fait de société.
- La satire se moque d'un travers social en grossissant ou déformant ses traits jusqu'à la caricature.
- Le conte philosophique utilise la forme du récit court et plaisant pour transmettre une opinion.
- L'apologue met en scène des animaux ou des idées abstraites pour en tirer une leçon morale, comme les *Fables* de La Fontaine.
- L'utopie a pour cadre une société imaginaire que l'on décrit ou défend.

L'essentiel

Pour mettre en avant une opinion personnelle, utilisez des arguments, des exemples et des connecteurs.

2 APPLIQUER AU BREVET

Rédaction : Pensez-vous que les œuvres d'art (littérature, cinéma, musique, peinture...) sont efficaces pour dénoncer les travers de la sociét ? Vous répondrez à cette question en vous appuyant sur votre expérience, votre culture artistique et vos connaissances personnelles.

Antilles, Guyane, 2019

Les sujets de réflexion formulent souvent une **thèse à développer** : ici, « l'art est efficace pour dénoncer les travers de la société. » On peut imaginer alors une réflexion en deux temps : l'art est efficace / l'art ne suffit pas. Il faut surtout veiller **à ne pas confondre arguments et exemples** : ici, faire un catalogue d'exemples d'œuvres d'art engagées ne peut pas servir d'argumentaire.

Rédaction :L'été suivant, lors d'un repas de famille, le père du narrateur interroge à nouveau ses fils sur leurs projets d'avenir. Les deux frères affichent des choix radicalement différents. Imaginez le dialogue animé qui s'ensuit.

Amérique du Sud, 2018

Dans ce sujet d'imagination, de nombreuses **consignes** sont données :
– un thème (les projets d'avenir) ;
– des personnages à animer ;
– un dialogue à bien ponctuer ;
– un ton assez virulent à rendre.

Il faut préparer les **arguments et contre-arguments** au préalable au brouillon et, pourquoi pas, attribuer un « **type** » à chaque personnage, pour faciliter la recherche d'arguments (le rêveur, l'ambitieux, l'artiste, le pragmatique, etc.).

Le texte théâtral

À revoir
OK

53

● **Le texte théâtral est écrit pour être joué sur scène. Il comporte des caractéristiques reconnaissables et comprend plusieurs genres très différents.**

1 MÉMORISER

a L'analyse du texte théâtral

● Le découpage du texte : **actes** (à chaque changement de lieu, de temps, d'action) ; **scènes** (à chaque entrée et sortie de personnage) ; **tableaux** (au XXe siècle).

● Les types d'interventions : **réplique** (parole du personnage) ; **tirade** (longue réplique à un personnage) ; **monologue** (long discours seul sur scène) ; **stichomythies** (suite de répliques très courtes).

● Les types de scènes :
– **exposition** (présentation du cadre et des motivations des personnages) ;
– **nœud de l'intrigue** (moment de tension où l'obstacle ou le conflit apparait) ;
– **quiproquo** (scène comique fondée sur un malentendu) ;
– **péripétie** (retournement de l'action) ;
– **dénouement** (scène finale qui résout les problèmes).

● Les types de personnages : **protagoniste** (héroïne ou héros) ; **antagoniste** (opposant au héros) ; **confident·e** (qui écoute et conseille le protagoniste) ; **valet ou servante** (personnage souvent comique et rusé).

b Les indices de reconnaissance du texte théâtral

● L'absence de narrateur : le personnage parle directement.

● La mise en page particulière : personnage en **majuscules** avant la réplique.

● La double énonciation : chaque personnage s'adresse aux autres mais aussi au public, parfois seul à entendre ce qui est dit, en **aparté**.
Ex. : « ZENAÏDE, *haut* – Qui est là ? (*à part*) Pourvu que ce ne soit pas Oswald, mon fiancé ! » (J. Tardieu, *La Comédie de la comédie*)

● La présence de didascalies : indications entre parenthèses ou en italique, écrites par l'auteur sur le décor, le geste, l'intonation du personnage, etc. Elles ne sont jamais prononcées mais servent au jeu et à la mise en scène.
Ex. : « ANTIGONE, *dans un grand cri soulagé.* – Enfin, Créon !
Les gardes se jettent sur elle et l'emmènent. » (J. Anouilh, *Antigone*)

C Les divers genres théâtraux

- La comédie vise à faire rire le public mais soulève aussi souvent des problèmes sociaux et critique les travers de personnages.
- La farce est une forme de comédie simple fondée sur les jeux de scène, les bons mots, les injures et les coups.
- Le vaudeville est une forme de comédie fondée sur une intrigue amoureuse, des rebondissements, des hasards et des quiproquos.
- La tragédie représente un héros ou une héroïne qui lutte en vain contre une destinée inéluctable. Elle cherche à provoquer l'effroi face à la fragile condition humaine et la compassion face aux malheurs et à la mort annoncée.
- Le drame présente aussi un dénouement malheureux mais dans un cadre plus moderne et varié.

L'essentiel

Analysez le texte théâtral en fonction du jeu en public : qui entend la réplique ? comment est-elle prononcée ? doit-on lire la didascalie ? comment réagit le personnage ?

2 APPLIQUER AU BREVET

Rédaction : « – Laisse-moi, murmura Léopold. Tu peux pas comprendre. » À la fin du cours, c'est à M. Didier, le professeur de français, que Léopold se confie sur son grand regret de n'avoir pas pu poursuivre ses études et découvrir des œuvres littéraires. Racontez la scène et imaginez leur conversation.

France métropolitaine, 2018

L'erreur fatale en rédaction est de confondre le dialogue théâtral et le dialogue dans le récit. Ici, donc, pas de noms en majuscules, pas de didascalies : c'est une **suite narrative** qui est demandée. On utilisera donc les tirets et les verbes de parole.

« MARIUS. – [...] Fanny, c'est sûr qu'un jour ou l'autre je partirai ; je quitterai tout comme un imbécile... Alors je ne peux pas me charger de ton bonheur... Si je te gâche la vie ?

FANNY. – Si tu ne me veux pas, c'est déjà fait. » (M. Pagnol, *Marius*)

Expliquez la dernière réplique de Fanny.

Le verbe « expliquer » peut être ici source d'erreur. Expliquer une réplique, c'est comprendre l'**enchainement avec la réplique précédente** : pourquoi le personnage dit-il cela ? Ici, en répondant « C'est déjà fait », Fanny dit à Marius qu'il lui gâchera aussi la vie s'il décidait de renoncer à elle et de partir.

Le texte poétique

☐ À revoir
☐ OK

54

1 MÉMORISER

a Les vers

- Les vers sont regroupés en strophes : **distique** (deux vers), **tercet** (trois vers), **quatrain** (quatre vers), **quintil** (cinq vers), **sizain** (six vers).
- Leur nom est défini par le nombre de syllabes : **hexasyllabe** (6 syllabes), **octosyllabe** (8 syllabes), **décasyllabe** (10 syllabes), **alexandrin** (12 syllabes).
- Si le poème utilise un seul type de vers, il est **isométrique** ; plusieurs types de vers, il est **hétérométrique** ; aucune structure régulière, il est **en vers libres**.
- Il y a enjambement quand une phrase déborde d'un vers à l'autre.

Ex. : « Quelle marche lasse le long des jours d'Europe où parfois
Apparaît un jazz orphelin qui sanglote, sanglote, sanglote » (L.S. Senghor)

- Il y a rejet quand la fin d'une phrase est placée au vers suivant.

Ex. : « Les bois noirs sur le ciel, la neige en bandes blanches
Alternent. La nature a comme dix-sept ans. » (C. Cros)

- Il y a contre-rejet quand le début d'une phrase est placé en fin de vers.

Ex. : « Tout est transi, tout tremble et tout a peur ; je crois
Que la bise grelotte et que l'eau même a froid. » (A. de Noailles)

b La règle classique du -e muet pour compter les syllabes

- **Devant une voyelle**, il n'est **pas compté**.

Ex. : Prisonnièr[e] en ce livr[e] une âm[e] est contenue. (M. Desbordes-Valmore) = 12 syllabes.

- **Devant une consonne**, on le prononce comme dans le Sud, il est **compté**.

Ex. : Voici tout ce que j'ai. Je te le donne. Prends. (V. Hugo) = 12 syllabes.

- À la **fin du vers,** il n'est **pas compté**.

Ex. : Vous serez dans mon cœur comm[e] une forteress[e]. (A. de Noailles) = 12 syllabes

c Les rimes

- **Masculines** (terminées par une consonne ou une voyelle prononcée) ou **féminines** (terminées par un -*e* muet).
- **Plates** (schéma AABB), **croisées** (ABAB) ou **embrassées** (ABBA).
- **Pauvres** (un seul mot en commun : *meute* / *mite*), **suffisantes** (deux sons en commun : *ardu* / *perdu*) ou **riches** (trois sons en commun : *porte* / *morte*).

d Quelques procédés poétiques

- **Figures de style** (voir la fiche 23).
- Jeux sur les **répétitions de mots** (voir la fiche 23).

- Jeux sur les **répétitions de sons** : assonance (répétition de voyelles) ; allitération (répétition de consonnes)

Ex. : « Sous le ciel grand ouvert la mer ferme ses ailes » (P. Eluard)
« Pour qui sont ces serpents qui sifflent sur vos têtes ? » (J. Racine)

e Les genres poétiques

- La poésie lyrique exprime une émotion, un état d'âme sur l'amour, la mort, le temps qui passe, etc. Le poète y dit *je* et s'adresse souvent à un être aimé perdu ou absent ou à un élément symbolique.
- La poésie engagée se met au service d'une cause, d'une injustice, d'une lutte. Plus virulente, elle emprunte des éléments lyriques et dramatiques.
- La poésie satirique se moque d'un défaut humain ou d'un travers social par l'exagération et l'humour.
- Le sonnet est un poème à forme fixe en alexandrins, composé de deux quatrains suivis de deux tercets.
- Le poème en prose n'est pas en vers mais utilise tous les procédés poétiques (figures de style, répétitions de mots et de sons, images poétiques, etc.)

L'essentiel

Au brevet, passez le poème au crible de vos connaissances techniques et demandez-vous : pourquoi utilise-t-on ces procédés ?

2 APPLIQUER AU BREVET

« Je pars le cœur tapant prendre le train en marche
Pile au signal sonore monterai mon bagage avec ma vie entière »
(V. Rouzeau, *Va où*)

À quel genre appartient ce texte ? Trouvez trois justifications.

Antilles, Guyane, 2018

Cette consigne met en évidence une difficulté du texte : c'est un **texte poétique** moderne, en **vers libres**. Il ne présente pas de ponctuation, prend des libertés syntaxiques (le « je » non répété), utilise des images fortes (« cœur tapant ») et des figures de style (« mon bagage avec ma vie entière »).

« Que vous disiez si bas dans un lieu sourd et sombre. » (V. Hugo, *Toute la lyre*)

a. Quel effet sonore remarquez-vous dans ce vers ?
b. Pourquoi le poète l'emploie-t-il ?

Amérique du Nord, 2019

Cette consigne courante demande de repérer une **figure de style** (« effet ») puis de l'analyser. Les **jeux sonores** sont nombreux en poésie : ici l'allitération du -s rappelle une parole susurrée à l'oreille. Le poète met en valeur, par les sons, le thème du secret.

L'image et l'analyse picturale

À revoir
OK

55

● L'image peut décorer, raconter, émouvoir mais aussi dénoncer ou soutenir une opinion, sensibiliser, persuader, critiquer, faire comprendre.

1 MÉMORISER

a Les divers types d'images

● **Fixe** (affiche, tableau, photographie...) ou **animée** (dessin animé, film, publicité...).

● **Figurative** (représentant le réel) ou **abstraite** (sans représentation de lieu, d'objet, de personne).

● **Narrative** (scène d'un tableau ou d'une photo, personnages), **explicative** (mode d'emploi, plan), **argumentative** (faire réagir, donner une opinion)...

b Les images à portée argumentative

● Un tableau (paysage, portrait, nature morte) ou une **photographie** peut montrer une situation révoltante et faire réagir le spectateur.

● Une caricature exagère et déforme les traits d'un personnage pour en dénoncer un défaut ou pour le ridiculiser par le rire.

● Un dessin de presse illustre une actualité précise qu'il faut connaitre pour le comprendre. Il se fonde souvent sur l'humour ou l'ironie.

● Une affiche de propagande délivre un message politique de manière simple et très visible. Le message est souvent exagéré, voire caricatural, typique des dictatures et des temps de guerre.

● Une affiche publicitaire cherche à faire acheter un produit ou un service en surprenant, faisant rire, choquant, intriguant le spectateur.

c Les éléments sur lesquels appuyer son analyse

● Les **éléments représentés :** réels ou reconstitués, lieux ou personnages, fixes ou mobiles, symboliques ou connotés (voir fiche 20).

● Le **genre** et la **technique** utilisées : tableau à l'aquarelle / à l'huile, dessin au fusain, image numérique, etc.

● Les **couleurs** : chaudes ou froides, contrastées ou harmonieuses...

● La **construction** : au premier plan, à l'arrière-plan, en perspective...

- La **lumière** : diffuse ou directe, vive ou pâle, naturelle ou artificielle...
- L'**angle de vue** : plongée (vue d'en haut), contre-plongée (vue d'en bas), face, profil, dos...

L'essentiel

Analysez l'image comme un texte : personnages, décor, genre et but (illustrative, argumentative, etc.).

2 APPLIQUER AU BREVET

Robert Doisneau , « La Voiture fondue », 1944

Quels liens pouvez-vous établir entre la photographie de Robert Doisneau et le texte d'Albert Camus ? Développez votre réponse en vous appuyant sur des éléments précis.

France métropolitaine, 2019

Les consignes de **comparaison** entre texte et image sont très courantes. Si l'image a été choisie, c'est qu'elle a **rapport** avec le texte. Souvent, texte et image illustrent différemment une **même idée** ou une même réalité. Il faudra structurer la réponse en indiquant au moins **trois points** de ressemblance/dissemblance.

Le texte et le tableau offrent-ils selon vous une image positive de la paresse ?

Amérique du Sud, 2018

Cette consigne demande un avis sur une question puis une justification précise. Après avoir indiqué son **point de vue** (« Je pense qu'ils donnent une image positive de l'art de ne rien faire »), il faudra **justifier** par plusieurs points tirés de l'analyse du texte et de l'image : c'est surtout cela qui est évalué.

CULTURE LITTÉRAIRE

1 À quel genre littéraire appartient la célèbre saga *Le Seigneur des Anneaux* de Tolkien ?

- a. le roman de science-fiction
- b. le roman merveilleux
- c. le roman historique

2 Quelle est la caractéristique du roman épistolaire ?

- a. il est composé de lettres fictives.
- b. il est composé de diverses histoires indépendantes.
- c. il est écrit par plusieurs personnes.

3 Charles de Gaulle a écrit son autobiographie. D'après-vous, quelle est le premier mot de son titre ?

- a. Mémoires...
- b. Essai sur...
- c. Autobiographie de...

4 Qu'est-ce qu'un essai ?

- a. un ouvrage de réflexion, subjectif et personnel
- b. le récit d'une société imaginaire
- c. une critique sociale très moqueuse

5 Comment nomme-t-on un texte polémique au ton virulent ?

- a. une satire
- b. un pamphlet
- c. un apologue

6 Comment nomme-t-on les indications de jeu et de mise en scène dans un texte théâtral ?

- a. les apartés
- b. les stichomythies
- c. les didascalies

7 Comment qualifie-t-on un poème qui n'utilise qu'un seul type de vers ?

- a. isométrique
- b. hétérométrique
- c. en vers libre

8 Combien de strophes un sonnet comporte-t-il ?

- a. deux
- b. trois
- c. quatre

Corrigés au verso

Corrigés

1 À quel genre littéraire appartient la célèbre saga *Le Seigneur des Anneaux* de Tolkien ?

> **b.** *le roman merveilleux* : autrement appelé *fantasy*, ce genre ne se passe pas dans le futur mais dans un monde différent.

Voir **Fiche 50**

2 Quelle est la caractéristique du roman épistolaire ?

> **a.** *il est composé de lettres fictives* : le mot *epistola* en latin signifie « lettres ». Les correspondants sont appelés les épistoliers.

Voir **Fiche 50**

3 Charles de Gaulle a écrit son autobiographie. D'après-vous, quelle est le premier mot de son titre ?

> **a.** Mémoires... : en tant qu'homme politique célèbre du XXe siècle, il ne peut qu'écrire des *Mémoires de guerre*.

Voir **Fiche 51**

4 Qu'est-ce qu'un essai ?

> **a.** *un ouvrage de réflexion, subjectif et personnel* : la réponse **b** définit l'utopie et la **c** la satire.

Voir **Fiche 51**

5 Comment nomme-t-on un texte polémique au ton virulent ?

> **b.** *un pamphlet* : il est encore très utilisé aujourd'hui, dans la presse ou sur Internet. La réponse **c**, l'apologue, est celui de la fable.

Voir **Fiche 52**

6 Comment nomme-t-on les indications de jeu et de mise en scène dans un texte théâtral ?

> **c.** *les didascalies* : elles ne sont pas prononcées par les comédiens. Les apartés sont l'une des modalités de prise de parole sur scène (« à part »).

Voir **Fiche 53**

7 Comment qualifie-t-on un poème qui n'utilise qu'un seul type de vers ?

> **a.** isométrique : un sonnet composé seulement d'alexandrins (12 syllabes) sera isométrique. Une fable de La Fontaine comportant aussi des heptasyllabes sera hétérométrique.

Voir **Fiche 54**

8 Combien de strophes un sonnet comporte-t-il ?

> **c.** quatre : ce poème classique est composé de deux quatrains (strophe de 4 vers) suivis de deux tercets (strophe de trois vers).

Voir **Fiche 54**